控えめだった足が、体に巻き付いてくる。
蜘蛛が獲物を絡め取るように、腕も
背中に回り、世宗が腰を軽く揺すった。
「りおう、ほしい、いれて、……あっ」
迷える羊と嘘つき狼
STRAY SHEEP & LIAR WOLF

迷える羊と嘘つき狼

成宮ゆり

18330

角川ルビー文庫

目次

口絵・本文イラスト／ヤマダサクラコ

その日のことなら何もかも鮮明《せんめい》に覚えている。

積もった雪のせいで奇妙《きみょう》に薄明《うすあか》るい夕闇《ゆうやみ》のなか、不安と悔《くや》しさで胸《むね》が張り裂《さ》けそうになっていたこと。頬《ほお》で溶《と》けた雪を拭《ぬぐ》う自分の幼い指が、寒さで赤くなっていたことも。

「根本から綺麗《きれい》に折れてるから、すぐに直せるよ」

ラジコンヘリのリモコンを握《にぎ》りしめ、ぐずぐずと鼻を鳴らす俺の前で、学生服を着た彼は雪にまみれた赤いプロペラを拾い上げる。

望んだ物を手にしたのは、初めてだった。学校から表彰《ひょうしょう》された褒美《ほうび》に祖父から与《あた》えられたそれは、包装を解く前に年上の従兄弟《いとこ》達に乱暴に扱《あつか》われ、壊《こわ》れてしまった。従兄弟達は謝ることもなく、壊れたラジコンを前に立ち尽《つ》くす俺を置いて、随分《ずいぶん》前にいなくなってしまった。

「すぐそこに親父《おやじ》の仕事場があるから、付いておいで」

見知らぬ相手への警戒心《けいかいしん》から俯《うつむ》いたままでいると、彼は「泣かなくても大丈夫《だいじょうぶ》だよ」と、俺の頭をそっと撫《な》でる。温雅《おんが》な指先に視線を上げたとき、穏《おだ》やかに微笑《ほほえ》む顔に目を奪《うば》われた。

彼の睫《まつげ》に引っかかった小さな雪の破片《はへん》が、瞬《まばた》きの際にはらりと美しい宝石のように落ちる。途端《とたん》に、何故《なぜ》か不安が跡形《あとかた》もなく消えた。それは呆《あき》れるほど些細《ささい》なきっかけかもしれない。

だけど俺は、たぶんあのとき初めて恋《こい》をしたんだ。

そしてその恋は十五年目を迎《むか》える。

「おはようございます、理央《りおう》」

天井《てんじょう》に手を這《は》わせながら呟《つぶや》くと、まるで返事をするようにコツリと小さな音が返る。

この部屋の上に住むのが、その初恋《はつこい》の相手だ。

高梨《たかなし》理央。二十七歳七月八日生まれ。O型RH+。中学高校時代はサッカー部に所属。日和大学工学部機械工学科を卒業後、叔父《おじ》が社長を務める高梨製作所に勤務していた。

彼の一日は朝七時に朝食の準備から始まる。短い間に家事を済ませ、家を出るのは八時だ。

「今日は忙《いそが》しそうですけど、早めに出るんですか?」

このために購入《こうにゅう》した階段簞笥《だんす》に座り、白いクロスの天井に不自然な格好で耳を押し当てる。

彼が暮らしている部屋の上にいるときは、天井ではなく床《ゆか》に同じことをしていた。

ここに住むために、前の住人は金を渡《わた》して追い出した。本当なら上下だけでなく左右の部屋も押さえたいが、同じ階は目撃《もくげき》される可能性が高い。仕事でも顔を合わせるので、周辺に出没《しゅつぼつ》しすぎて気味悪がられたら困る。この行為《こうい》が普通《ふつう》ではないことは、俺自身よく分かっていた。

「いってらっしゃい」

ドアが閉まる音を聞いて、俺も充分《じゅうぶん》に間を置いて部屋を出る。

彼の出勤を待って家を出ると、会社に着くのは始業間際《まぎわ》になるが、彼との貴重な共有時間を削《けず》るつもりはない。だから俺は彼よりも一時間早く起きて、準備を整えていた。

理央が滅多《めった》に使わないマンションの裏口を使い、近くの駐車場《ちゅうしゃじょう》に待たせていた車に乗り込む。

「おはようございます、世宗様《ときむね》」

子供の時分からの付き合いである運転手の柳野《やなぎの》は車が滑《なめ》らかな動きで走り出してから、「篤《あつ》宗様《むね》から、会社に着くまでに連絡《れんらく》をするようにとのご伝言を預かっております」と口にする。

「分かった」

面倒《めんどう》だと思いながら父に電話を掛《か》けると、用件は仕事ではなく身内の揉《も》め事《ごと》に関してだった。

「また、隠《かく》し子《ご》の話ですか？」

八十歳を越《こ》えても矍鑠《かくしゃく》とした祖父に婚外子《こんがいし》がいると判明したのは、数週間前だった。珍《めずら》しい問題ではないが、今回の相手はよりにもよって祖母の近親者だ。なのに祖父は認知《にんち》をしたいと言い出しているらしい。実現すれば揉めるのは火を見るより明らかだ。今菱守《ひしがみ》家の当主を務めているのは祖父だが、いずれ父に代替《だいが》わりする。その際に祖父の落とし胤《だね》は確実に遺恨《いこん》を生む。

『いや、実豊《さねとよ》の件だ。また何か問題を起こしたらしい。まだ誰《だれ》からも聞いていないのか？』

慮外《りょがい》な台詞《せりふ》に眉《まゆ》が上がる。祖父の話ではなかったが、続く説明に再び暗澹《あんたん》たる気分に陥《おちい》った。

菱守の人間は昔から金儲《かねもう》けが上手《う》く、この狭《せま》い島国の隅々《すみずみ》まで金の力で根を張っているが、一族の血筋からもときどき何の才覚も持たない人間が生まれる。父の弟の息子《むすこ》が、それだった。

「分かりました。俺の所に現れたら、そちらに連絡を入れます」

通話を切ると、端末《たんまつ》を操作して秘密のフォルダを呼び出す。

暗証番号は理央の大学時代の学籍《がくせき》番号だ。十桁《けた》の数字を入力すると、調査会社から送られた写真の閲覧《えつらん》が可能になる。記録媒体《ばいたい》に複製後、主要な物はこちらのフォルダにも保存していた。

勤務後に褪《あ》せた紺色《こんいろ》の作業着を着て歩いている姿は、二日前に撮《と》られたものだ。路地裏の居酒屋兼《けん》定食屋に、同僚《どうりょう》と一緒《いっしょ》に入る写真もある。

「高梨様ですか？」

写真を見て癒《いや》されていると、柳野が問い掛けてくる。

想《おも》いを自覚する前から、彼が通う学校の前で車を停《と》めて貰《もら》ったことや、家と学校の往還《おうかん》の際に彼の家の近くを通って欲しいと頼《たの》んだことがあったため、柳野は俺の想いを知っている。

「ああ。彼ほどの人間はどこにもいない」

「世宗様にそれほど想われるのですから、素晴《すば》らしい方なんでしょう。ただ、篤宗様が同じような考え方をされるとは限りません。充分《じゅうぶん》、用心なさいますように」

柳野はそう言うと、会社から少し離《はな》れた場所に車を停める。正面に停めないのは、恐《おそ》らく柳野なりの配慮《はいりょ》があってのことなのだろう。それに関しては特に文句を口にしたことはない。

「今日は何時になるか分からないから、迎えは必要ない」

自分の手でドアを開けて車を降りる。夏の暑さが冷房《れいぼう》に晒《さら》されていた体に重くのし掛かった。

柳野の忠告は幼い頃《ころ》から聞かされてきたから、嫌《いや》と言うほど染《し》み付いていた。だからこそ理央本人にすら、気持ちを隠している。勿論《もちろん》、仕事で彼に接するときは特別用心していた。

オフィスに入り、デスクに向かって今日の予定に高梨製作所に関する物がないか、確かめる。落胆《らくたん》を紛《まぎ》らわせるために二ヶ月前に理央から貰った名刺《めいし》を眺《なが》めた。

今日も彼に会えない一日が始まる。そう落ち込んでいたら、支給された携帯《けいたい》が着信で震《ふる》えた。

〝高梨製作所〟と表示されている液晶《えきしょう》を見て、俺の指先も震える。彼からの電話だ。

擾乱《じょうらん》する心を鎮《しず》めるために、深く息を吸ってゆっくりと吐《は》き出してから通話に切り替《か》える。

『お世話になっております。高梨製作所の高梨ですが』

彼の方から問い合わせや受注がある日は、空に舞《ま》い上がりそうになる。会社では意識して無表情を保っているが、最近それがどうも難しい。電話口から聞こえて来る声は、地底から湧《わ》き上がる水の如《ごと》く澄《す》んでいて、耳にしただけで心の隅々まで晴れ渡る。

「おはようございます、高梨様。お電話ありがとうございます」

震えを押し殺して、普段《ふだん》通りに素っ気なく答えた。

元々俺の声は無機質で冷たく聞こえるらしいが、声に喜色が滲《にじ》まないように注意しているせいで、理央に対しては殊更《ことさら》そうなる。けれどそれは仕方がない。こうやって会話をするのは、ずっと夢だった。たとえ内容が、不純物混入の許容範囲《はんい》に関する話だったとしても。

『じゃあ、手配お願いします。一応、後で発注書を送ります』

「新しいカタログを是非《ぜひ》一度見て頂きたいので、直接取りに伺《うかが》います」

『そうですか？　そうなると、明日とかでも大丈夫ですか？　何時頃《ごろ》来られますか？』

一秒でも早く会いたいが、別件の打ち合わせが朝に入っている。午後五時には会議もある。

理央といると時間を忘れて何度か遅刻《ちこく》をしたことがあるので、約束をするなら午後六時以降が最適だ。万が一会議が長引いても、取引先との予定が有れば抜《ぬ》けられる。

「六時頃では如何《いかが》でしょうか」

『六時ですか。すみません、夕方ですと会社に戻《もど》れるのは七時頃で。明後日《あさって》はどうですか？』

明後日。会えると分かっているのに、そんな長い時間は待てない。

「私は構いません。出来れば明日でご高承頂けると幸いです」

『そうですか？　あ、もし受け渡しだけなら今日、近くに行くので、御社《おんしや》まで伺いますよ』

透菱《とうびし》商事は江戸《えど》時代に創業した海運業者を淵源《えんげん》とした日本最大手の総合商社で、従業員総数はグループ全体で五万人に達する。当然本社ビルにも相当数の従業員が勤めており、そのうち四割が女性だ。半数以上が未婚《みこん》であり、受付に居並ぶ七人の女性達は特に容姿が優《すぐ》れている。万が一彼女達が理央を見初《みそ》めたりしたら、この日の会話を一生悔《く》やむはめになるだろう。

「本日は時間がないので明日、私が伺います。結美《ゆいみ》さんにも久し振《ぶ》りにお会いしたいですから」

結美は理央の妹で、高校の同窓生だ。現在、高梨製作所で事務員として働いている。

『結美ですか？　すみません、あいつ明日は休みを取ってるんです』

「そうですか。だとしても、カタログの件がありますので伺わせてください」

『わかりました。ではお待ちしております』

通話を切った後で、約束を取り付けた嬉《うれ》しさを噛《か》みしめていると、部長が近づいてきた。

「菱守くん、明日なんだけど西方《せいほう》さんとの打ち合わせが六時に決まったから」

「すみませんが、私もその時間にどうしても外せない打ち合わせが入りました」

「西方さんより凄《すご》いところないよね？　時間変えて貰えないの？」

理央に再び電話をかける辞柄《じへい》は喉《のど》から手が出るほど欲しいが、明日の打ち合わせで七時ほど最適な時間はない。たかが仕事のために、彼との予定を変更《へんこう》するつもりはなかった。

「西方社との打ち合わせに私は必要ないと思いますが」

部長は困り顔で視線を彷徨《さまよ》わせて「まぁ、そうだけど」と歯切れ悪く呟いた。

入社して日は浅いが、大口の新規契約《けいやく》を既《すで》に幾《いく》つか結んでいる。しかし部長が俺を目にかけるのは、父がこの会社のCEOだからだ。将来、会社の中枢《ちゅうすう》に食い込むことになる俺を引き立てることで、優遇《ゆうぐう》されることを期待しているのかもしれないが、元より出世には興味がない。

「ご理解頂けたようで何よりです」

そう告げると、部長は苦い顔のままで離れていく。すると今の会話を耳にした同僚が「菱守、そういう態度どうかと思うぞ。いくら一族の人間だからってな」と苦言を呈《てい》した。

「一族の人間だからといって、新人が大口の顧客《こきゃく》を担当することこそ贔屓《ひいき》ではないでしょうか」

「いや何も部長は担当にするとは言ってないだろ」

「次期担当として考えていなければ、わざわざ打ち合わせに同行はさせません」

「まぁ、そうか。ふーん、何、お前贔屓とか嫌《きら》いな奴《やつ》？　その割に親のコネで入社したんだろ？」

血縁《けつえん》なんて忌々《いまいま》しい物でしかない。本音を言えば、彼の会社に入社したかったが高梨製作所は社員を募集《ぼしゅう》しておらず、この会社に入って取引を持つしか仕事で彼と関《かか》わる術《すべ》は残っていなかった。それに電話ですら緊張《きんちょう》するのに、毎日長時間顔を合わせる生活は心臓に負担がかかる。

「コネを喜ぶべきは会社の方ですね。数字は正直です。成績はコネでは出せません」

「言うじゃねえの。でも数字のために長く付き合いがある所を切ってたら、いつか刺《さ》されるぞ」

仕事の出来ない同僚が、捨て台詞《ぜりふ》を残して外回りに出掛《でか》けていく。

嫉妬《しっと》されることには生まれたときから慣れているので、同僚の言葉は気にならなかった。

それに俺が成績を上げるのは、優秀《ゆうしゅう》でいれば多少高梨製作所を優遇しても、誰からも文句を言われないからだ。元々、物を右から左に流す仕事が面白《おもしろ》いとは思えなかった。

理央が介在《かいざい》しない限り、人生には喜びも悲しみも存在しない。十五年前から彼に囚《とら》われたまま、恋《こい》の鎖《くさり》は幾重《いくえ》にも心臓に巻き付く。鎖の重みが増せば増すほど、彼が世界の中心になる。

仕事を終えた後の楽しみは、理央の部屋の灯《あか》りを確認することだった。

理央が在宅しているかどうか確かめる。今日はまだ帰っていないようだ。

気落ちしながらも上の階にある自宅に入って携帯を見ると、結美からメールが届いていた。

『お兄ちゃんのバスタオルを入手したよ。二年物だよ。五万でどうよ？』

そのメールにすぐに『振《ふ》り込んでおく』と返し、愛《いと》おしく床《ゆか》を撫《な》でる。その下に広がる理央の部屋を想い、目を閉じ頬《ほお》を床に付けて、ずっと愛して止《や》まない相手の名前を呟《つぶや》いた。

「理央」

瞼《まぶた》の向こうで声が雪のように白く掠《かす》れて、部屋の中に降り積もる様を想像する。何億回と呼び続けてきた。いつかその雪で窒息《ちっそく》できたらいいと願いながら、もう一度彼の名前を呼んだ。

◇◇◇

「こんな遅《おそ》い時間にすみません」

頭を下げた理央に「いえ、こちらこそ無理を言って申し訳有りません」と軽く頭を下げ、作業着姿で、応接ブースにお茶を持ってきた相手に今回の口実であるカタログを差し出す。

会社にはもう理央以外は残っておらず、二人きりだと意識した途端《とたん》に動悸《どうき》がした。

「こちらが弊社《へいしゃ》の新しいカタログになります」

俺に椅子《いす》を勧《すす》めた後、理央は俺の前に御茶《おちゃ》を置いてから、向かいに腰《こし》を下ろす。

彼はいつも通りの紺色の上着に同色のパンツを穿《は》いていた。履いている白いスニーカーは機械油のせいで所々汚《よご》れている。通勤用とは違《ちが》い、仕事用のそれは国内メーカーの物だった。

「ありがとうございます。こちらが、発注書です」

出来る限り顔を直視しないように注意して、理央が差し出した発注書を受け取り、確認《かくにん》する。間違《まちが》いがあれば、それを口実に時間を引っ張ることができたが、残念ながら問題はない。

「でも、来て下さって良かった。実は主材の相談がしたいと思っていたんです」

「新しく作る製品ですか？」

「はい、色々試行錯誤《さくご》中で。図面を見て貰った方が早いと思うので、お持ちしますね」

理央は一度席を外してから図面を持って戻ってきた。向かい合うだけで心臓は限界まで鼓動《こどう》している。平静を装《よそお》うだけで精一杯《せいいっぱい》だ。しかし彼のアルバイト先に通っていた頃は声すら出せず、注文はメニュー表を指さす事で済ませていたので、昔に比べれば良くなった方だ。

「構造上耐熱性《たいねつせい》と硬度《こうど》をクリアしてもこの主材だと問題がありまして。例えば……」

大学は親の希望で海外に行き、そこで経済を選んだが、理央と同じ知識を共有したかったので理工系の授業も聴講《ちょうこう》していた。こうして相談されると、本当に聴講しておいて良かったと思う。

「菱守さん？」

うっとりと説明に聞き入っていたら返事を忘れていたようで、訝《いぶか》しげに声をかけられた。

理央からは幾つか重要な説明もされたが、メモを取る必要はない。彼の言葉なら、一言一句正確に覚えられる。元々直観像素質には恵《めぐ》まれていたが、彼のお陰《かげ》で聴覚《ちょうかく》も強化された。

「はい。ではこちらのカタログに載《の》っている複合材は如何でしょうか」

「そうですね。試《ため》してみたいので、サンプルを送って頂いても構いませんか？」

「畏《かしこ》まりました。早速《さっそく》手配させて頂きます」

楽しみにしていた会合も、これで終わりだ。残念と安堵《あんど》が、同時に押し寄せてくる。

去りがたい一方で、気を抜けば自分の想《おも》いが彼に伝わってしまうのではないかと常に神経を張《つ》り詰めておく必要があり、極度の緊張を強いられた神経が解放を求めていた。

そんな相反する気持ちに揺《ゆ》らいでいると、事務所の方から等間隔《とうかんかく》の機械音が聞こえてくる。

「すみません、電話が鳴っているようなので、少し失礼しても宜《よろ》しいですか？」

了承《りょうしょう》すると理央は応接ブースを出て行く。その隙《すき》に、湯気の消えた湯飲みを持ち上げた。

今日はもうこれ以外、胃には何も入れずにおこうと決めて、少しずつ味わって嚥下《えんか》する。

普段緑茶を飲むことはないが、彼が淹《い》れてくれた物は別格だ。以前、持ち帰ろうと考えたこともあったが、事務所と応接ブースは上半が凹凸《おうとつ》硝子《ガラス》になったパーテーションで仕切られているだけだ。マグボトルに詰めているのを勘《かん》づかれたら、どう言い訳すれば良いのか分からない。

「お待たせしてしまってすみません」

空になった湯飲みを茶托《ちゃたく》に戻す頃《ころ》、理央が戻ってきて軽く頭を下げる。

彼と同じ空間に少しでも長くいるのが俺の望みなのだから、文句があるはずもない。

「いえ。では、失礼します」

発注書を鞄《かばん》に仕舞《しま》い、名残惜《なごりお》しさを隠《かく》して立ち上がったときに、「あの」と声をかけられた。

「何か？」

忘れ物でもしただろうかと、座っていた灰色のソファに視線を向けたが、何も見当たらない。

何故《なぜ》呼び止められたのかと考えていたら、理央が信じられない事を口にした。

「夕食までですか？　もしよければ一緒《いっしょ》にどうですか？」

「————は？」

あまりにも予想外の申し出を受け、無意識に吐《は》き出した声の低さに自分で驚《おどろ》く。

取り繕《つくろ》うべきだと分かっていたが、焦《あせ》れば焦るほど言葉が見つからない。

思考は修正液に塗《ぬ》り固められて、真っ白に染まっていく。

「あ、いや……お忙《いそが》しいですよね」

固まっていると、誘《さそ》った事を後悔《こうかい》するように理央が呟く。思わず弾《はじ》かれたように顔を上げた。その瞬間《しゅんかん》、できるだけ焦点《しょうてん》を逸《そ》らしてきた彼の顔が、まともに視界に入る。

「あ……」

艶《つや》やかな黒髪《くろかみ》と凜々《りり》しい一重《ひとえ》の目元に呼吸を忘れた。鼻は奇跡《きせき》的なまでに完璧《かんぺき》な角度で上を向いている。唇《くちびる》は乾燥《かんそう》で割れていて、そこから覗《のぞ》く血肉の赤色が身震《みぶる》いするほど性的だ。尖《とが》った顎《あご》の下、喉仏《のどぼとけ》にすら見惚《みと》れそうになる。しかし日に焼けた美しい肌《はだ》は、白いラウンドネックと作業着に唐突《とうとつ》に隠されていて、その先を知るために作業着のボタンに指をかけたくなった。勿論讃《もちろんたた》えるべきは顔だけじゃない。背が高いのに柔《やわ》らかな雰囲気《ふんいき》を彼が持つのは、顔立ちのせいだけではなく、ゆかしいその心根が表情にあらわれているからだ。

「無理を言ってすみませんでした」

久し振《ぶ》りにまともに目にした想い人の顔に思考が飛んでいるうちに、理央が気まずさを誤魔《ごま》化《か》すように笑う。いつもはほっとする彼の微笑《ほほえ》みなのに、今は見ていると泣きたくなった。

「それからカタログ、わざわざありがとうございました」

「い、え、長居をしてしまい、すみませんでした。それでは……失礼致《いた》します」

気づけば帰り道をとぼとぼと歩いていた。

彼に会った後《ご》はいつも、雲の上を行くような軽《かろ》やかな足取りで帰路につく。しかし今は死刑《しけい》台に向かうが如《ごと》く、足取りは重い。底のない沼《ぬま》を歩いている気分だ。一歩踏《ふ》み出すごとに粘度《ねんど》の高い泥《どろ》がまとわりつき、深く深く落ちていく。この道の先に待っているのは地獄《じごく》だ。

「……折角《せっかく》誘って貰《もら》えたのに、何故あんな風に……」

予測外に誘われて失態を演じてしまったことに絶望しながらも、このまま家に帰れば理央と鉢合《はちあ》わせをしてしまう懸念《けねん》があったので、一応駅前のカフェで時間を潰《つぶ》す程度の思考は働いた。

珈琲《コーヒー》を頼《たの》んで席に着いてから、タブレット型の端末《たんまつ》を操作してネットバンクから結美の口座へ、タオル代を振り込む。その旨《むね》をメールで送ると、すぐに携帯《けいたい》が鳴り出した。

『もぉしもぉし？』

理央と血が繋《つな》がっているとは思えない、知性の低い喋《しゃべ》り方をする結美に「ああ」と答える。

『声低いよぉ。どうしたの？　何があったか知らないけど、モノは明日送るよ。着払《ちゃくばら》いで！』

「ああ」

『かなり落ち込んでるねぇ。なんなら、お兄ちゃんの紙コップ一万で売ってあげるよ。でも毎回売っておいてなんだけど、よくこんなゴミにお金出せるねぇ。ハリウッドスターのとかじゃないんだよ？　ヒッシーが病気なのは知ってたけど、年々酷《ひど》くなってるよねぇ』

相変わらず結美は理央と違って情緒《じょうちょ》に欠ける。確かに恋煩《こいわずら》いの範囲《はんい》を超《こ》えて彼に執着《しゅうちゃく》しているのは分かっているが、あからさまに病気扱《あつか》いされるのは不愉快《ふゆかい》だ。

「ハリウッド？　比べるのも馬鹿馬鹿《ばかばか》しい。彼は俺にとって唯一《ゆいいつ》であり、全《すべ》てだ。比類できる人間なんてどこにも存在しない。彼に嫌《きら》われたら……生きる意味がなくなる」

だからこそ、陪食《ばいしょく》の誉《ほま》れに浴する機会を自ら台無しにしてしまい、愁然《しゅうぜん》としていた。

『また一段階酷くなってるね。身内贔屓《びいき》を加えても、せいぜい中の上の外見だよ？　性格もわりときついからね。むしろヒッシーの方が、外見も頭も家柄《いえがら》も全部勝ってるんだけどなぁ』

中の上というのは酷い侮辱《ぶじょく》だったが、結美は理央の妹だ。近すぎて本質が見えないのだろう。

加えて常々「男の人は顔じゃないよぉ！　財力だよぉ！」等と主張しているような奴だ。そんな彼女に理央の良さが分かるとは思えず、諭《さと》す気にもなれなかった。

兄の魅力《みりょく》に気づかない可哀想《かわいそう》な結美と、二、三会話をしてから通話を切り、再び項垂《うなだ》れる。

明日にはタオルが届くと知っても、気分は晴れない。通話を切った後で珈琲を口に含《ふく》んでから、理央が淹《い》れてくれた御茶以外は飲まないと決意をした事を思い出して、更《さら》に気分が落ちる。

「……嫌われただろうな」

恐《おそ》らく元々良い印象は持っていないだろう。接するときは顔が弛《ゆる》まないように注意しすぎて、無表情になってしまうし、会話を上手《うま》く繋げられずに早口で捲《まく》し立ててしまうこともある。

そんな態度の悪い相手を食事に誘ってくれた理央に対し、先程《さきほど》の態度は万死《ばんし》に値《あたい》する。

むしろ今すぐ死ぬべきだ。世界で最も長く太い槍《やり》で、右脇腹《みぎわきばら》を貫《つらぬ》かれたい。

――いや、その前に結美に指定された額を振《ふ》り込まないといけないな。

しかし先程の口座に再び入金する際に、残高がかなり減っている事に気づく。

こちらの口座は給料の振り込み専用だ。別に持っている資産や、債権《さいけん》を清算すれば数十億単位の金は作れるが、今後価値が上がる予定の物ばかりなので今は現金化すべきじゃない。

生活費を考えれば来月までは、彼の物を蒐集《しゅうしゅう》するのは控《ひか》えた方が良さそうだ。

とはいえ、理央に関してはいつだって理性が飛ぶ。だからこそ上手く振る舞《ま》えないのだが。

何度目か分からない溜《た》め息を吐き出して、一度だけ見たことがある彼の冷めた目を思い返す。

高校三年の文化祭初日、体育館で行われる劇に出演するために、着飾《きかざ》っていた結美に絡《から》んだ外部生達を理央が追い払《はら》ったときのことだ。血気盛んな連中は数で勝っていたこともあり、強気な態度で彼を連れていった。俺は心構えなしに理央を目にして呆然《ぼうぜん》と固まっていたが、すぐに我に返って加勢のために彼を追い掛《か》けた。しかし探し出したときは既《すで》に何もかもが終わっていた。

『心配してくれたの？　大丈夫《だいじょうぶ》だよ』

プール脇《わき》の用具置き場の前でようやく見付けたとき、理央は俺を安心させるように微笑んだ。

それから用具置き場のドアを恐らく中から持ってきたロープで固定した後で『内緒《ないしょ》な』と、口にした。ドアはガタガタ揺れていたが、理央が強く蹴《け》ると収まった。

『文化祭の間は閉じ込めておきたいけど、一般《いっぱん》公開が終わったら先生に言って助けてあげて』

『は、い』

そのときのやりとりはよく覚えている。だけど理央は覚えていないだろう。

当時の俺は結美と同じ劇に出演するために仮装していた。服飾《ふくしょく》部が作ったマスクはオペラ座の怪人《かいじん》と呼ぶには威厳《いげん》も品性も足りなかったが、顔の上半を覆《おお》うそれのお陰で表情を見られなかったことには感謝している。恐らく、見苦しいほどに彼に焦《こ》がれた顔をしていたはずだから。

彼は俺には優《やさ》しかったが、結美に絡む外部生達に向けた冷めた視線は、事に触《ふ》れて思い出す。いつか何もかもが露見《ろけん》したときに、自分にも向けられるのではないかと、何度も想像した。

「もしそうなったら、本当に生きていけなくなるだろうな」

普段《ふだん》なら理央の写真を見て気分を回復させるが、今の俺に彼の写真を見る資格はない。

結局半分以上珈琲を残したまま、カフェを出る。彼と別れてから二時間近くが経《た》っていた。

理央が帰宅途中《とちゅう》に食事をしたとしても、鉢合《はちあ》わせする可能性は低い。

マンションは駅からも主要な道路からも遠い住宅街にある。治安が悪い地域ではなく、俺自身は理央のことばかり考えていたので、それ以外の事には注意散漫《さんまん》だった。

だから誰《だれ》かにつけられていると、呼びかけられるまで気づかなかった。

「おい、お前」

最初はそれが、自分に投げ掛けられた言葉だとは思わなかった。

「おい、無視してんじゃねえよ！」

どこかで聞いた記憶《きおく》がある声に足を止めて振り返ると、そこには草臥《くたび》れたポロシャツと薄手《うすで》のハーフパンツ姿の男が立っていた。足下《あしもと》に履《は》いているのは茶色のサンダルで、手には缶《かん》ビールが握《にぎ》られている。ただの酔《よ》っぱらいだと思ったが、掛けているメガネに覚えがある気がした。

「こんなところで、何してやがる」

見知らぬ相手に粗野《そや》な物言いをされる理由が分からずに眉を寄せると、男は憎悪《ぞうお》と卑屈《ひくつ》さで濁《にご》った目をこちらに向ける。

「こんな時間までよく働くなぁ？　またどこかの会社でも潰してきたのか？」

ようやく、男が誰か思い出した。確か、前原《まえはら》という名前だった。

記憶にある彼の顔は常に憔悴《しょうすい》し切っていたし、当時はスーツ姿だったから今の姿と繋がらなかった。二ヶ月前、先輩《せんぱい》から引き継《つ》いですぐに切り捨てた鋳造《ちゅうぞう》メーカーの社長だ。

「久し振りだなぁ。会いたかったよ。あんたに、言ってやりたいことがたくさんある」

「お久しぶりです。どういったご用件でしょうか？」

「どういったご用件だと？　決まってるだろうが。あんたが俺の会社をボロ切れみたいに切り捨てた理由を聞いてやろうと思ったんだよっ。会社に電話しても、居留守使いやがって！」

唾《つば》を飛ばして怒《おこ》る男の頬《ほお》は紅潮していたが、酒のせいか怒《いか》りのせいかは分からなかった。

「先方からコストを切りつめたいとの要望がありましたので、別の会社に発注したまでです」

「はっ、だから自分は悪くありませんってか。人の会社を潰しておいて……っ」

「先程から何の話をしているのか理解できかねます。その話は以前にもさせて頂きました。それに私どもの会社は、御社《おんしゃ》にとっては受注元の一つに過ぎないと思いますが。そもそも一社から発注がなくなったから会社が傾《かたむ》くというのは、経営の仕方に問題があったとしか……」

話している途中で何かが飛んできた。反射的にそれを振り払った瞬間《しゅんかん》に手に硬《かた》い物が当たり、びしゃっと顔に液体がかかる。転がった硬い物がビールの空き缶だと分かったとき、生温《なまぬる》くなった飲み残しのビールが、顎から胸に伝っていくのを感じて不快感を覚えた。

「ふざけんなぁっ。てめぇみてぇな、てめぇみてぇな若造になぁ……っ」

あからさまな敵意を瞳《ひとみ》に浮《う》かべ、こちらに向かって来る前原を見て、思わず後退《あとずさ》る。

「前原さん！」

しかし前原の伸《の》ばした手が俺に届く前に、先程別れたばかりの想《おも》い人の声が聞こえた。

はっとして顔を上げた俺と同様に、前原も虚《きょ》を衝《つ》かれたように立ち止まる。

その隙《すき》に彼が年上の男を羽交《はが》い締《じ》めにして押さえた。

呆然とする俺の前で、理央が宥《なだ》めるように前原に対して「落ち着いてください」と口にした。

「何があったんですか？」

その瞬間、潮が引くように前原の顔から怒りが消えた。二人が知り合いというのは意外だったが、二社の間で透菱を通さない取引があったとしても、不思議ではない。

理央は前原が落ち着いたのを見て拘束《こうそく》を解いたが、何かあったら直《す》ぐに止めに入ろうという配慮《はいりょ》か、傍《そば》を離《はな》れるつもりはないようだ。理央から優しい声音《こわね》で問い掛けられ、前原はばつが悪そうに視線を逸《そ》らす。知り合いの登場で我に返ったのだろう。

「少し、誤解があっただけです」

自分がした仕打ちを知られたくなくて、前原より先に弁明する。

業務としては問題なかった。例えば同じ品質の物が二つ並んでいたら、誰もが安い方を買う。付き合いが長い会社だから高い方を購入《こうにゅう》するなんて、不経済だ。もしその選択《せんたく》を上司や同《どう》僚《りょう》が非情だと感じたとしても、企業《きぎょう》同士の取引に感情を持ち込むべきじゃないと鼻先であしらうだろう。しかし理央には非情だと思われたくなかったし、思われるのが怖《こわ》い。

「誤解？　本当ですか？」

「ええ。そうですよね、前原社長」

賛同を求めると、前原は仕事を切られたことを年下の知人に知られたくなかったのか、気まずげな顔で「手元が狂《くる》ったんだ」と苦しい言い訳をした後で舌を打ち、踵《きびす》を返して立ち去る。

「菱守さんがそう言うならそうなんでしょうが、……大丈夫ですか？」

その質問に、ようやく自分がどれほど惨《みじ》めな格好をしているかに思い至った。

発注書は鞄《かばん》の中なので無事だが、ビールは服や顔を汚《よご》している。自宅は近いが、理央の前で同じマンションには入れない。しかし時間を潰《つぶ》すにしても、この格好ではどこにも行けない。

「大丈夫です」

仕方がないから柳野を呼ぼうと思い、鸚鵡《おうむ》返《がえ》しに答えると「良かったら、うちに寄っていきませんか？　俺の家、すぐそこですから」と、彼が思いもつかない提案をした。

一瞬《いっしゅん》、言葉の意味を理解できずに、首を傾《かし》げる。動いた事でふわりとアルコールが香《かお》った。

「その格好では帰れないと思いますし、着替《きが》え貸しますよ。狭《せま》くて汚《きたな》い所なんですけど」

理央は何を言っているんだろうと、傾げた首をさらに傾げる。

「菱守さん？」

反射的に「はい」と答えるとそれを了承《りょうしょう》と取った理央が「こっちです」と歩き出す。

状況《じょうきょう》が理解できないまま、機械仕掛《じか》けのようにぎこちなく足を動かして、彼に付いていく。

理央はコンビニで前原を見掛《みか》けたこと。酔っていたので、声を掛けるのを遠慮《えんりょ》したこと。しかし外に出たら俺が絡まれていて驚《おどろ》いたこと等を話していた。どう返答したかは記憶にない。

幽体離脱《ゆうたいりだつ》していたのだろう。まさか彼の家に招かれる日が来るなんて思ってもみなかった。

あまりの幸運に、前原に深い感謝を覚えながら、ふらふらと従う。

ようやく夢心地《ゆめごこち》の頭がはっきりしたときには、理央の家の脱衣室《だついしつ》にいた。

「着替えとタオルはこれをどうぞ。中にある物も、好きに使って貰《もら》って構いませんから」

理央はそう言うと、ドアを閉《し》めて出ていく。一人になると、急に現実感が押し寄せてきた。

「とうとう、ここに……！」

洗面台の横に置かれた着替えとタオルを見て、気持ちが高揚《こうよう》した。

ビールで濡《ぬ》れた髪《かみ》を掻《か》き上げながら、心をどうにか落ち着けようと努力する。呼吸脈拍《みゃくはく》共に乱れているが、とりあえずシャワーを浴びるために、服を脱《ぬ》いで浴室に足を踏《ふ》み入れた。

勿論《もちろん》造りは俺の部屋と同様だが、理央が使っていると思うだけで光り輝《かがや》いて見える。

くらりと貧血を起こしてプラスチックの床《ゆか》に蹲《うずくま》ったら、固形石鹸《せっけん》が目に入った。

以前結美が『お兄ちゃんって体を洗うとき直接石鹸を擦《なす》り付けるんだけど、石鹸買う？』と持ちかけてきたことがあった。勿論欲しかったが、ストーカーとして〝理央が不要になった物だけを入手する〟と決めていた。石鹸が不要になるのは、それが形を無くしたときだけだ。

だから理央の石鹸を手に入れられることは永遠にないと諦《あきら》めていた。

「それが今、目の前にある……のか」

沸《わ》き上がる衝動《しょうどう》を抑えて、壊《こわ》れ物を扱《あつか》う手つきで石鹸に触れる。まろやかなフォルムとミルクを連想させる柔《やわ》らかな風合い。中央の刻印は削《けず》られ、殆《ほとん》ど読み取ることができなかった。

調査会社の仕事は、理央の写真を撮《と》るだけではない。彼が購入した物品に関しても、分かる範囲《はんい》で詳細《しょうさい》なリストを作らせていた。だから読んでいる雑誌や、利用している家電や食品は把《は》握《あく》している。石鹸も同じ物を購入し、毎日自宅で使用していた。

だが物が同じでも、理央が使用した物とそれ以外では太陽と冥王星《めいおうせい》間以上の隔《へだ》たりがある。

そっと表面を指先で撫《な》でた。これを自分の体に擦り付けることを考えた瞬間、鼻の奥がじわりと熱くなり、慌《あわ》てて固形石鹸をステンレス製のソープディッシュに戻《もど》す。

理央の物を俺の血で汚すことはできない。それに彼でいかがわしい想像をすることは、自らに禁止していた。けれどここは疚《やま》しいことを連想させる物で溢《あふ》れている。

「刺激《しげき》が強すぎる……」

気を取り直してシャワーヘッドを摑《つか》み、髪を洗うことに集中する。

それでも煩悩《ぼんのう》は消えなかったので、温度を低く設定し直してシャワーで滝行《たきぎょう》の如《ごと》く水を浴びる。色々な物が目に入って気持ちを静められないので、瞼《まぶた》を閉じて心頭滅却《めっきゃく》に取り組む。もう大丈夫《だいじょうぶ》だというところで水を止めると肌《はだ》が粟立《あわだ》っていたが、不埒《ふらち》な気分は消えていた。

けれど浴室を出て体を拭《ふ》いていたときに、洗面台の端《はし》に置かれた歯ブラシが目に入り、努力は泡《あわ》と消える。

散々結美から「お兄ちゃん専門の変態リッチ」と罵《ののし》られてきたので、恥《は》ずべき性癖《せいへき》を持っている自覚はあった。しかし越《こ》えてはいけない一線は分かる。小さな硝子《ガラス》のグラスに入れられた青い歯ブラシと、白い細身の歯《は》磨《みが》き粉のチューブ。それに触《ふ》れたら、ストーカー失格だ。

「だけど……」

触れるだけなら、と歯ブラシの柄《え》を握った瞬間、脱衣室《だついしつ》の扉《とびら》がコンコンと叩《たた》かれた。

思わずその場で、猫《ね》の仔《こ》のように飛び上がって歯ブラシを落としかける。

「な、なんでしょうか？」

「急《せ》かすわけではないですが、ずいぶん時間が経《た》っているので。何かありましたか？」

心配そうに訊《たず》ねられて、服を脱いだときに置いた腕時計《うでどけい》を見る。優に一時間は経っていた。

不審《ふしん》がられても仕方がない。気を付けていたのに、気づけば恐《おそ》ろしい早さで時が過ぎていた。

「いえ、すみません、ちょっと……立ち眩《くら》みが」

「え、大丈夫ですか？」

僅《わず》かにドアが開きかけたので、慌てて手で押さえる。

ガタンと派手にドアが鳴ったが、この格好を見られるわけにはいかない。

全裸《ぜんら》で歯ブラシを握《にぎ》っている姿を見られたら、俺の世界は音を立てて崩壊《ほうかい》する。

「大丈夫です。すぐに着替えて出ます。お気遣《きづか》いありがとうございます」

上擦《うわず》ってはいたが、どうにか嚙《か》まずに捲《まく》し立てる。

「分かりました。でも気分が悪いようなら言ってください」

彼の気配がドアの前から消えたのが分かり、安堵《あんど》の吐息《といき》を零《こぼ》して歯ブラシを元の位置に戻す。

先程《さきほど》脱いだ下着を身に着けた後で、理央から借りたカジュアルだが品があるシャツを見る。

それが先日購入したばかりの物だとは、報告書で知っている。食事の誘《さそ》いすら断る無愛想《ぶあいそう》な年下相手に、未使用の品を用意する理央の気遣いにますます惚《ほ》れ直した分、葛藤《かっとう》が深くなる。

「……着ないで持って帰れないだろうか」

新品だが理央が手に取り選んだ物だ。着たら価値が半減してしまう。皺《しわ》もそのままに、自宅に持ち帰り真空保存したい。しかしそうなると汚れた服で帰るか、半裸《はんら》で帰るはめになる。

幸い部屋は近いが、半裸や汚れた服で帰れるなら理央の部屋で風呂《ふろ》に入った理由がなくなってしまう上に、服を持ち帰る口実を探す必要があった。

しかし悩《なや》む時間はない。これ以上ここに長居すれば、また様子を見に理央が来る。

仕方なく諦めて、シャツを羽織った。残りの服も身に着けてから時計を嵌《は》め、汚れた衣類と鞄を手に、廊下《ろうか》に出る。すぐ目の前にある台所では、理央が二人分の珈琲《コーヒー》を淹《い》れていた。

「立ち眩み、大丈夫ですか？」

目が合うと、彼が心配してくれる。その気遣いが嬉《うれ》しくて、目眩《めまい》が酷《ひど》くなった。

「はい。少し……寝不足《ねぶそく》だったものですから」

嘘《うそ》ではない。昨夜は理央と会えると考えただけで眠《ねむ》れなかった上に、今朝は早起きして服を吟味《ぎんみ》した。食事もろくに喉《のど》を通らなかったので、体調も優《すぐ》れているとは言い難《がた》い。

「もし気分が悪いようでしたら、自宅までご一緒《いっしょ》しましょうか？」

「いえ、結構です」

家だけは知られてはいけない。結美には何を言われても構わないが、理央に「気持ちが悪い」「変態」と罵られたら、デストルドーの赴《おもむ》くまま実家にある日本刀を取りに行きたくなる。

「あ、珈琲淹れたんですが、ミルクと砂糖は入れますか？」

「ありがとうございます。そのままで、結構です」

理央がマグをリビングに運んでいくのを見つめ、背中に向かってそう口にする。

彼の視線が逸《そ》れたことで、初めて室内を見回す余裕《よゆう》が出来た。

七畳《じょう》程度のリビングの壁《かべ》は本棚《ほんだな》で埋《う》まっている。中央にはモカブラウンのラグが敷《し》かれ、黒い座卓《ざたく》が置かれていた。物の少ないすっきりとした綺麗《きれい》な部屋だ。

「狭いですが、ゆっくりしていってください」

理央は室内に視線を這《は》わせている客に不快感の欠片《かけら》も表さず、向かいの席を勧《すす》めてきた。

彼の部屋で彼を見ながら彼が淹れた珈琲を口にするなんて、冷静でいるには難易度が高い試練だ。慎重《しんちょう》に無表情を保ちながら、ラグの上に座る。ふと足に何か触れ、視線を落とすとボタンが一つ落ちていた。それを目にして急に彼の部屋にいるという実感が訪《おとず》れ、胸《むね》が熱くなる。

心臓は最速記録を更新《こうしん》する勢いだ。過去最高記録は、陸上競技場でサッカーの代表戦を見た帰りに満員電車の中で、彼の体に押し付けられたときだった。六年前の金曜日午後十時半の国立競技場駅新宿駅間でのことだ。見知らぬ女性にヒールで足を踏まれたが、カーブの度に彼女が遠慮無く寄りかかってきたおかげで、理央とより密着することが出来た。

「やっぱり、珈琲より御茶《おちゃ》の方がいいですか？」

回想していたせいで、ずっと手を付けていなかったマグのハンドルに、慌てて指を絡《から》める。

「いえ、頂きます」

指先が動揺《どうよう》を示さないように注意して、馥郁《ふくいく》たる香りを放つ白いマグを口に運ぶ。

「どこの銘柄でしょうか」

「グアテマラだったかな。友人が食品輸入会社に勤めていて、よく送ってくれるんです」

贈《おく》り物と聞いて、報告書に珈琲に関する記述がなかった理由に納得《なっとく》する。

「グアテマラというと、マヤ文明の発祥《はっしょう》の地ですね」

「菱守さん、古代文明とか好きなんですか？」

「知識として持っているだけです。高梨さんは？」

「古代文明というより、未知の文明……アトランティスとかは子供の頃《ころ》に憧《あこが》れてましたね」

もしも理央が望むなら、オリハルコンでもミスリルでもアダマンタイトでも手に入れてみせると考えながら珈琲を味わう。今日はこれ以外何も胃に入れないでおこうと、改めて決意する。

「今は宇宙に行ける時代ですし、俺が作った部品が人工衛星の一部になって空を回っています。ここまで技術が発達した現代に未発見の大陸なんて有り得ないとは分かっていますが、地底世界やアトランティスって聞くと、未《いま》だにちょっとわくわくするんですよね」

「地底世界……ジュール・ベルヌですか？」

「そうです。小さい頃はウェルズとベルヌを愛読していました。前原さんもSF好きなんですよ。元々叔父《おじ》の友人で、たまに会社の飲み会に来て、酔《よ》うと思考実験をよく持ちかけてくるんですよ。それで前原さんが特に好むのが世界五分前仮説なんですが、知ってますか？」

「世界が五分前に始まったかどうかを考察する、という遊びですよね？」

「そうです。菱守さんは、色々な事をよく知ってますね」

世界がいつ始まったのかはどうでもいいが、俺の世界が始まったのは十五年前だ。

目の前に座る彼が、新品のまま一度も動くことのなかった俺の心の歯車を回した。

「前原さんは頭の良い方ですが感情が激しい人で、トラブルが多いんですよ。酒が入っていると特に。菱守さんにも怒鳴《どな》っていたようですが、何があったんですか？」

「大したことはありませんが、仕事上のことですので、お答えできません」

言い切ってから、もっと柔《やわ》らかい答え方があったのではないかと、無表情のまま焦《あせ》っていると、理央に「そうですよね。変なこと聞いてすみません」と逆に謝られる。

「いえ……、ご心配ありがとうございます」

ぎこちなく頭を下げる。顔を上げたとき、ふと目が合った。

ずっとさりげなく避《さ》けていたのに、その顔を正面から見てしまったのは油断のせいかもしれない。それとも何か予感があったのか。彼が自分に微笑《ほほえ》んでくれるという予感が。

「でも、お節介《せっかい》かもしれませんけど、もし困っていることがあるなら相談してください。俺なんかでよければ、いつでも力になりますから」

慈《いつく》しむような柔らかな視線は、十五年前と少しも変わっていない。

むしろ年を重ねるごとに彼は魅力《みりょく》的になり、俺の気持ちは窒息《ちっそく》しそうなほどに膨《ふく》らむばかりだ。

◇◇◇

自分が何者なのか、子供の頃から強く言い聞かされてきた。

父は跡継《あとつ》ぎに恵《めぐ》まれず、叔父《おじ》の子供を父の次の総領に据《す》える話が具体化していた矢先に、俺は生まれた。祖父は遅《おそ》くできた長男の息子《むすこ》の誕生を喜んだが、その分期待は大きかった。

『お前はいずれ、この家を継《つ》ぐ人間だ。だから一族の誰《だれ》より優れている必要がある』

優秀《ゆうしゅう》であることや昂然《こうぜん》とした態度を常に求められたが、そこに忍苦《にんく》はなかった。

けれどときどき、大声を出して衝動《しょうどう》的に何かを粉々に破壊《はかい》してしまいたくなることがある。

そういうときは理央の姿を心の支えにした。ただ車から彼を眺《なが》めるだけで、衝動は消えた。

話しかけることはしない。だけど一度だけ、後部座席から飛び出してしまいたくなったことがあった。理央が地元の高校に進学してすぐに、毎日一緒に下校する女性ができたときだった。

彼の笑顔《えがお》が見知らぬ女性に向けられていることに、胸が強く痛んだ。

多くの人間と接してきたが、誰かを羨《うらや》んだことはなかった。自分に誇《ほこ》りすら持っていた。

なのに、彼女になりたいと強く願った。そのとき彼への気持ちが憧れではなく恋《こい》だと知った。

涵養《かんよう》された想《おも》いに名前が付くまで時間がかかったのは、同性である以上に、三回しか理央と会話したことがないせいだろう。一度目はラジコンを壊《こわ》されたとき。二度目は御礼《おれい》のために、製作所に立ち寄ったとき。三度目はまた従兄弟《いとこ》に虐《いじ》められているのを助けられたとき。

たった三度だ。恋に落ちるには少なすぎると思い込んでいた。だけど恋なんて一つのきっかけで簡単に落ちてしまうものだ。実際、一度目に出会ったときから、あれはもう恋だったのだ。

けれどこの恋が実らないことも、想いが罪だということにも早くから気づいていた。

「菱守さん、四番に高梨製作所の高梨さんからお電話です」

いつものように理央に思いを馳《は》せていると、営業補助の女性から声を掛けられる。

一つ、鼓動《こどう》が音を立てるのを聞きながら期待するな、と自分に言い聞かせた。高梨製作所には四人の高梨がいる。理央、社長、社長夫人、結美だ。確率的に高いのは理央か社長だ。

下手《へた》に期待すると、社長だったときの失望感から立ち直るのに数時間を要するので、心に防御壁《ぼうぎょへき》を巡《めぐ》らせながら受話器を持ち上げる。

「お待たせしました。菱守です」

『いつもお世話になっております。高梨です』

理央だ。三日前、理央の家に行ったときのことが、今は遠く夢の中の出来事のように思える。

「高梨様、先日はご迷惑《めいわく》をおかけしました。御礼は必ずさせて頂きます」

借りた服は部屋にある。クリーニングして返却《へんきゃく》するより、同じ物を新品の状態で返す方が良いと考えたが、メーカーに問い合わせたところ在庫がないと言われ、現在取り寄せている。

尤《もっと》もそれは建前であって、本音は理央から借りた物を手元に置いておきたいからだ。

『いえ、それはお気になさらないでください。今回ご連絡《れんらく》させて頂いたのは、ちょっと伺《うかが》いたいことがあって……。そちらの方でタンタル板は取り扱《あつか》ってますか？』

「すぐに確認《かくにん》させて頂きます。どの程度の数量が必要でしょうか」

『そうですね、まだ試作段階で0.1厚で十㎝四方の物が取り急ぎ十枚ほど必要なんですが』

会話をしながらもキーボードを叩《たた》き、値段を弾《はじ》き出す。価格にばらつきがあったので幾《いく》つか紹介《しょうかい》すると、過去に取引があった会社の物で頼《たの》みたいと言われた。

「では明日の午前中に着くよう手配しておきます。見積もりはメールで送らせて頂きます」

電話を切った後は簡単な作業で見積書を作成し、高梨製作所のアドレスと一年間俺の教育係をしてくれる常に会話が疑問系の主任を宛先《あてさき》に加えて送信した。

発送作業を取引先に依頼《いらい》すれば、理央に関する仕事が終わる。そのことを残念に感じながら受注メールのチェックをしていると、傍《かたわ》らの席に座る同僚《どうりよう》達が雑談を始めた。

時計を見れば昼休憩《きゆうけい》の時間だったが、食欲《しよくよく》がなかったのでそのまま仕事を続けていると、横の同僚が不意に「なあ、新人のボーナスってどれぐらい入るんだ?」と声をかけてきた。

確か、今月末に給与《きゆうよ》と一緒《いつしよ》に振《ふ》り込まれる予定だった。

「新人は一律、給料の一・五掛《が》けだと聞いています」

「ああそうなの? 残念だな。お前の成績なら本来もっと貰《もら》えたのにな」

「いやいや、菱守の人間ならボーナスなんて興味ないだろ。俺達みたいな庶民《しよみん》と違《ちが》って、数十万なんてお前にとっちゃ、雀《すずめ》の涙《なみだ》みたいなものだよな?」

嫉妬《しつと》混じりの卑屈《ひくつ》な台詞《せりふ》に「いえ」と返して、昨日結美から届いたメールを思い返す。

「ボーナスが入れば、マンガ雑誌が購入《こうにゆう》できます」

俺の返答に二人は顎《あご》の筋肉を突然《とつぜん》失ったように、大きく口を開けた。

「マンガ雑誌なんて高くても千円ぐらいだろ? サブカル系だってせいぜい二千円とか」

「いえ、定価は四百円です」

先日ゴミとして廃棄《はいき》される予定だった隔週《かくしゆう》刊のマンガ雑誌を、結美が入手した。

「四百円のマンガ雑誌を、ボーナスが出ないと買えないのか？」

「定価では買えません。人を介《かい》すので十倍か、百倍になります。今月は既《すで》にタオルと紙コップを購入していてこれ以上散財は厳しいので、ボーナスは有り難《がた》いです」

「今治《いまばり》のタオルや、手漉《てす》き和紙の紙コップだってそんなしないだろ？　何、プレミアなの？」

「もしかしてお前、誰かに騙《だま》されてるのか？　騙し取られてるのか？」

「騙されているというか、知り合いの女性から使用済みの物を言い値で購入しているので」

「使用済みって、お前……それ、ゴミじゃん。騙されてるっていうかカモられてるぞ⁉」

誤解が生じているのは分かっていたが、理央の付加価値について話すと長くなる。それに結美ですら理解できないのだから、彼らには尚更《なおさら》無理だろう。

「全《すべ》て承知の上です。彼女はその代金で、衣服などを購入しているようです」

「お前なら、女なんて食べ放題だろ。なんでゴミを高く売りつけてくるような奴《やつ》を選ぶんだよ」

別に結美が好きなわけではないが、今更訂正《ていせい》するのは面倒《めんどう》だった。

「自分の不利益や相手の条件を鑑《かんが》みて選ぶ余裕《よゆう》があるなら、それは本気の恋ではありません」

当たり前のことを告げると、二人は沈痛《ちんつう》な表情を浮《う》かべた後で「悪女だと知っていても、か」「いや、菱守、俺……なんか分かるよ。うん」と勝手に理解を示された。

誤解に誤解を上塗《うわぬ》りして、彼らの中で別の物語が出来上がっているのは分かったが、嘘《うそ》は言っていないので訂正はせずに、仕事を再開する。二人は浮気《うわき》を見逃《みのが》した過去や、年上に弄《もてあそ》ばれた記憶《きおく》を掘《ほ》り起こして、懐《なつ》かしさと自嘲《じちよう》の籠《こ》もった溜《た》め息を吐《つ》く。そして失敗を見守るように訳知り顔で俺を見ては、頷《うなず》いていた。鬱陶《うつとう》しいことこの上ない。

加えて、昼休憩が終わったときに同僚達から同時に肩《かた》を叩かれた。まるで負け戦《いくさ》を労う仕草《ねぎら》に、同類視されたくなかったので無視したが、二人は生温《なまぬる》い笑みを浮かべて業務に戻《もど》っていく。

気を取り直して仕事をしていると、先程《さきほど》サンプルの送付を頼んだ取引先から連絡が来た。

『すみません、サンプルなんですが集荷《しゆうか》の時間を過ぎてしまって……。本当に申し訳ないんだけど、明後日《あさって》では駄目《だめ》ですかね』

駄目に決まっている。理央との約束を違《たが》えるわけにはいかない。

しかし先方にまでそれを強要できないことも分かっていた。

「でしたら、私が今から取りに伺います。重要な取引先からの依頼ですので」

『え⁉　でも、ご足労頂くのは……』

たかが往復に八時間だ。理央のためを思えば大した距離《きより》ではないし、幸い今日はこの後に何のアポイントメントもない。部内会議はあるが、欠席しても文句は言われないだろう。

「伺います。こちらからですと四時間はかかるので、御社《おんしや》に着くのは八時頃《ごろ》になります。業務時間外になってしまい申し訳有りませんが、宜《よろ》しくお願い致《いた》します」

『いやぁ、それは構いませんが……』

電話の相手が断り文句を口にしないうちに「では、後ほど」と半ば強引《ごういん》に通話を切る。早速《さつそく》教育係にその旨《むね》を伝えると、彼女は慎重《しんちよう》に苦言を述べてきた。

「取引先に対して誠実なのは良いと思うのよ？　でもいちいちそんなことをしていたら、業務に支障が出るでしょう？　あなたの一分一秒には会社からお金が払《はら》われているのよ？」

「勿論《もちろん》移動時間も無駄《むだ》にはしません。残りの仕事は道中に片付けます」

「移動も経費がかかるのよ？　高梨製作所って小口の取引先よね？　そこまでする必要があるのかしら？　先延ばしにするか他《ほか》の販売元《はんばい》を提案することはできないの？　物はなんなの？」

他の販売元を提案することは可能だが、現在の販売元で見積書を送っている。無駄なやりとりで理央の時間を削《けず》りたくはないし、何よりサンプルを取りに行けば持参する口実になる。

しかしこの決断が傍目《はため》から見て、能率の悪い方法だというのは理解していた。

「菱守くん？」

彼女のデスクに腕《うで》をついて、触《ふ》れそうなほど顔を近づける。

子供の頃から自分の資産価値に関しては冷静に分析《ぶんせき》できている。理央の顔ならまだしも、自分の顔に感想は湧《わ》かないが、これを使って周囲の女性を籠絡《ろうらく》する術《すべ》は心得ていた。

近い距離で視線が合うと、教育係の顔は一拍《いっぱく》置いて薄《うす》い薔薇色《ばらいろ》に染まった。

「お願いします」

至近距離で意識して甘い声を出せば、彼女の唇《くちびる》から「あ」という小さな声が漏《も》れる。その声の余韻《よいん》が完全に消えてから、もう一度瞳《ひとみ》を覗《のぞ》き込んで「いかせて頂けませんか？」と頼む。

教育係が「い、いいわ」と妙《みょう》に上擦《うわず》った掠《かす》れた声で答えたので、詰《つ》めていた距離を戻《もど》した。

目的が達成されたので、普段と同じ声音《こわね》で「ありがとうございます」と口にすると、いつの間にかしんと静まり返っていたオフィスの同僚達が再び動き出す。

教育係は催眠術《さいみん》にかけられたような顔で、戸惑《とまど》い気味に自分の赤くなった頬《ほお》を手の甲《こう》で擦《す》っていた。

室内の視線が自分や教育係に向けられていることは気づいていたが、さっと鞄《かばん》を手にオフィスを後にする。柳野を呼び出して行き先を告げると、有能な運転手はバックミラーの中で片眉《かたまゆ》を上げて「世宗様は高梨様が絡《から》むと、途端《とたん》に行動的になられますね」などと口にした。

「八時間も運転させることになってすまない」

「いいえ。奥様の気紛《きまぐ》れな買い物に一日中同行させて頂くことと比べたら……」

賢明《けんめい》な運転手はその先を声にはしなかった。

「しかし、世宗様は相変わらず高梨様には献身《けんしん》的ですね。お気持ちは伝えないのですか？」

「伝えてどうなるかは、簡単に想像できる」

理央が経済力や権力を求める人間ならば、俺の性別には拘《こだわ》らないかもしれない。それだけ菱守の家には価値がある。しかし彼は金や力を追求する人間じゃない。理央は技術者だ。研究や知識には興味を示すが、金や権力には感心がない。

想像できる。告白した後、彼が困った顔で「ありがとうございます。でも、お応《こた》えできません」と答える様が。優《やさ》しい理央のことだから嫌悪感《けんおかん》を覚えたとしても、表面には出さずにあくまでいつも通りの態度を貫くだろう。仕事での付き合いも、今まで通りに違いない。

考えただけでやるせない。そのときは柳野は運転手から介錯人《かいしゃくにん》に転職するはめになるだろう。

「まもなく、到着致《とうちゃくいた》します」

想像しただけで落ち込んでいると、柳野に声を掛《か》けられて顔を上げる。

「随分《ずいぶん》早いな」

「世宗様は、高梨様の事を考えることでタイムスリップされますから」

その台詞にわざと理央の話題を持ち出したのだと気づいたが、追及するつもりはない。

実際、片道四時間は退屈《たいくつ》だと思っていたが、柳野のおかげであっという間だった。

尤《もっと》もそのせいで、取り掛かる予定だった書類の作成は全く手つかずに残っているが、それは復路でやればいいだろう。そう頭で予定を立てて、車から降りる。

そろそろ夏も終わりかけた八月末なのに、気温は温《ぬる》く肌《はだ》にまとわりつく。

不快な気分を無視して夕暮れの倉庫を見上げ、この恋《こい》はいつか終わるのだろうかと考える。

受取手のない気持ちは募《つの》るばかりだが、いつか跡形《あとかた》もなく消え失《う》せるのかもしれない。

考えても分からない。きっとその時が来るまで分からないのだろうと、彼のためにこんな遠くまで来てしまった自分の恋情《れんじょう》に呆《あき》れた。

◇◇◇

翌日、製作所に入った途端、理央が「本当にすみませんでした」と頭を下げるから、一体何の話だろうと、一瞬呆《いっしゅんほう》けた。

先日届いたタオルが擂《す》り切れていた件が頭を掠めるが、その件を彼は把握《はあく》していないはずだ。

それに生活感があって良かった。擂り切れたデニムを敢《あ》えて穿《は》く連中の気持ちが、分かった。

「昨日、別件で会社にご連絡《れんらく》したら、菱守さんがわざわざタンタルを取りに行ったと聞いて」

理央の言葉にほんの僅《わず》かに眉を顰《ひそ》める。高梨製作所から会社に連絡が入ったとは聞いていない。そもそも俺宛《あて》で会社にかかってきた電話は全て、転送されるはずだった。

年上だがミスの多い営業補佐《ほさ》の女性の顔を思い浮かべて、溜め息を飲み込む。

「気になさらないでください。先方のご機嫌伺《きげんうかが》いの良い口実になりましたから」

「でも……新幹線を使っても大分かかりますよね」

先方の会社は、空港からも主要な駅からも離《はな》れた辺鄙《へんぴ》な場所にある。港は近いが、国内からのアクセスは頗《すこぶ》る悪い。だから最初から車を使った。しかしそれを言ったら、理央が尚更気にしてしまうだろう。自分が勝手にした行為《こうい》で、彼の気を患《わずら》わせるのは本意ではない。

「俺が急《せ》かしてしまったみたいで、すみませんでした」

「約束したのはこちらですから。それより、サンプルを確認《かくにん》して頂いても宜しいでしょうか？」

そう口にすると、理央は頷いて事務所に足を向けかけたが、磨《す》りガラスの向こうに映る人影《ひとかげ》を見て「重ね重ね申し訳ないのですが、前の方が長引いているようで」と言葉を濁《にご》す。

「確認していただけるのでしたら、どちらでも構いません」

理央はしばし逡巡《しゅんじゅん》してから、奥のスペースに案内してくれた。

製作所内には巨大《きょだい》な機械が幾《いく》つも並んでいるので、工場の面積は広い。しかし従業員数は少なく、一人一人の立ち位置は随分と離れている。連れて行かれた作業台の近くには、理央の友人が勤めている自動車整備工場から貰《もら》った黄色いタオルが置いてあった。

それを見て、ここが彼に与《あた》えられたスペースなのだと気づく。自宅もそうだが、彼のパーソナルな空間に足を踏《ふ》み入れるときはいつも、表しようのない緊張《きんちょう》と高揚《こうよう》を覚える。

何も物が載《の》っていない作業台の上に、俺は鞄からケースに入った板を取り出す。

理央は手袋《てぶくろ》を嵌《は》めて触れ、ケースに貼《は》り付けられたスペックと誤差がないことを確認する。

この時間が永遠に続けばいいと夢想しながらも、視線は情報の一欠片《ひとかけら》も逃《のが》さないように、動く指を見つめ続けていた。

「綺麗《きれい》な手ですね」

思わず漏れた台詞《せりふ》に、彼が顔を上げる。

視線を受けて、失言に気づいた。それに今は手袋に隠《かく》れて手は見えない。何百回と見つめ続けていた手の形を網膜《もうまく》が覚えていて、ついその手袋を透視《とうし》してしまっただけだ。

気味の悪い自分の台詞に内心慌《あわ》て、弁解のために口を開きかけたときに理央は「精製された物より、タンタル石の方が綺麗ですよ」と微笑《ほほえ》む。

どうやら〝手〟という部分を聞き逃《のが》してくれたようだ。

しかし胸を撫《な》で下ろした後に、彼から観察するような視線を向けられて、思わず息を詰める。

すると気まずい沈黙《ちんもく》を打ち破るように、彼の同僚《どうりょう》が「理央くん、ちょっとさっきの図面かして」と声をかけてきた。それを受けて、理央がこちらに近づいてくる。

横の作業台に載った図面を取ろうとしているのは分かっていた。

しかしこれ以上近づかれたら頬が紅潮してしまいそうで、ろくに確認もせずに後ろに下がったときに、背中に台が触れる。次の瞬間《しゅんかん》、ばらばらと音を立てて小さな部品が床《ゆか》に落ちた。

慌てて振《ふ》り返ると、硬貨《こうか》程度の大きさのキューブが、床の上に散らばっていた。

「す、みません」

慌てて床に這《は》い蹲《つくば》り、それを拾う。

よほど柔《やわ》らかい素材で作られたのか、落ちただけで歪《ゆが》みが出ていた。一体何に使うものか分からないながらも青くなっていると、固まっている俺の手から彼がキューブを引き取る。

「それ、廃棄《はいき》予定だったので、気にしないでください」

「ですが……」

俺のために、そう言ってくれてるのではないだろうかと思い、恐《おそ》る恐る相手の顔を窺《うかが》う。

「本当に大丈夫《だいじょうぶ》ですよ」

にこりと笑う理央に、消え入りたくなる。彼の前でこの手のミスを犯《おか》すのは初めてではない。出された御茶を零《こぼ》したことや、打ち合わせに使う予定の書類を忘れたこともある。

そういった普段《ふだん》の失敗から、彼に使えない人間だと思われている気がした。

落ち込んでいると「そうだ、菱守さん。今回の御礼《おれい》、何がいいですか？」と聞かれる。

意味が分からずに首を傾《かし》げると、理央が「サンプルの御礼。あと、先日、うちを海外メーカーに紹介《しょうかい》してくれた御礼も兼《か》ねて、少し上から予算が出たので」と笑う。

「御礼と言われましても、紹介は本来、仕事外のことでしたから」

大口の取引先から良い技術者のいる会社に心当たりはないかと聞かれ、高梨製作所を勧《すす》めた。といっても、こちらの社長とあちらのＣＥＯを会わせただけで、契約《けいやく》自体には全く関与《かんよ》していない。

「仕事外なら尚更《なおさら》、御礼をさせてください」

申し出は嬉《うれ》しかった。しかし高梨製作所に肩入《かたい》れしすぎているのを、理央本人に気取られるのは避《さ》けたい。突《つ》き詰めれば、自分が彼に邪《よこしま》な気持ちを抱《いだ》いていると露見《ろけん》してしまいそうだ。

「特別なことではありません。……御社《おんしゃ》とは、長く良好な関係を築きたいと考えていますので」

不自然に聞こえないように「御社はセラミック加工に関して、国内有数の技術をお持ちです。その上、航空宇宙工学の一端を担《にな》うほど優《すぐ》れた技術をお持ちですから」と更《さら》に言い募る。

すると彼は「ありがとうございます。うちも、透菱さんとは良い関係を築きたいと思ってます。勿論《もちろん》担当者の菱守さんとも」と、水蜜桃《すいみっとう》を彷彿《ほうふつ》とさせる甘い台詞をくれた。

向こう一年分の糖分にやられ、ただただ立ち尽《つ》くしていると、理央が勝手に話を進める。

「お酒は飲まれるんですか？」

酒はかなり若い頃《ころ》から親族に鍛《きた》えられてきた。しかし何を飲んでも美味《うま》いとは感じない上に、酩酊《めいてい》しても頭痛が始まるだけで気持ちよく酔《よ》えた覚えがない。稀《まれ》に理性の箍《たが》が弛《ゆる》むこともある。

そのせいで過去に失敗しているので、酒に関しては良い思い出がない。この上、彼の前で醜《しゅう》態《たい》を晒《さら》そうものなら、世界中の酒を海に流したい衝動《しょうどう》に駆《か》られるだけだろう。

「飲めますが、好んでは口にしません」

彼が困った顔をする。このままでは話自体が流れかねない。折角《せっかく》、社外でも会える状況《じょうきょう》を持ちかけられているのに、否定的なことばかり言っている自分に気づき、背中に冷や汗《あせ》が流れる。

これはまたとない好機だ。上手《うま》くすれば、彼ともっと親密になれるだけではなく、彼と同じ屋根の下で一晩過ごすこともできるかもしれない。そう思った瞬間、頭の中に黒い考えが閃《ひらめ》く。

「……高梨さんは、ゴルフはされますか?」

理央が大学生の頃に、かつてプロを目指していた友人に誘《さそ》われてプレーをして以来、年に数回は関東近郊《きんこう》のゴルフ場を回っていると知っていたが、敢えて訊《たず》ねる。

「ゴルフはときどきしますよ。90台だからあまり上手い方じゃないですけど」

「実は、取引先からゴルフに誘われていまして。一応打ち方は練習したのですが、ラウンドは経験がないので、もし宜《よろ》しければ回り方を教えて頂けると助かります」

その提案に理央はほっとした顔で「その程度でしたら、お安い御用《ごよう》です」と言った。

第一関門を突破《とっぱ》し、口元が僅かに綻《ほころ》ぶ。機運を逃さぬよう、すぐに第二関門に手をかけた。

「取引先とは軽井沢《かるいざわ》のゴルフコースを回る予定なので、同じ場所でも構わないでしょうか?」

「ええ、問題ありません。因《ちなみ》みにクラブの名前はわかりますか?」

主要駅から車で二十分程度のゴルフ場の名前を告げると、彼は「分かりました。ではどんなコースがあるか調べておきますね」と口にする。

第二関門も易々《やすやす》と攻略《こうりゃく》した。そして最後の第三関門だ。

「コースについては私が調べます。ところで軽井沢には別荘《べっそう》を持っていまして、ついでなので私は一泊《いっぱく》しようと思っています。もし宜しければ……高梨さんも如何《いかが》ですか？」

不自然にならないよう神経を削《けず》って提案したが、理央は「いえ、それは申し訳ないので」とあっさり断る。第三関門の鉄壁《てっぺき》に跳《は》ね返され、残念な気持ちで「そうですか」と返す。

少し畳《たた》みかけ過ぎたかもしれない。ここはもう少し慎重《しんちょう》に行くべきだったと後悔《こうかい》したが、今までろくに話も出来なかった相手をさりげなく誘えただけでも、かなりの進歩だった。

「でも、別荘なんて凄《すご》いですね」

「父の物です。父は国の内外問わずに幾《いく》つも所有していますが、どれも古い物ばかりです。私は別荘にはあまり興味がないので、持とうと考えたこともありません」

しかしコレクションルームなら持っている。理央の部屋の真上がそれだ。

普段、彼の下の部屋で生活しているので、上の部屋はある意味別宅と言える。下の階ほどではないが理央の気配が感じられるので、日頃《ひごろ》の疲《つか》れを癒《いや》すには最適な空間だ。

「菱守さんの家って、凄そうですね」

金があり、特殊《とくしゅ》であることは間違《まちが》いないが、自分の家が褒《ほ》められた物だとは思えない。一個人の意志を尊重するよりも、一族の繁栄《はんえい》を最優先に考える姿勢は、蜂《はち》の社会と通じる物がある。

「高梨さんの家系の方が、優秀《ゆうしゅう》な技術者が数多く輩出《はいしゅつ》されていて、凄いと思います」

「菱守さんみたいな優秀な方にそう言われると、お世辞でも嬉しいです」

蜂蜜《はちみつ》より甘くはにかむ理央の背後で、世界が美しく輝《かがや》く。その光に目が眩《くら》みそうになった。

「お世辞ではありません」

紛《まぎ》れもない本音だ。売上高数十億程度の小さな製作所でも、国有企業《きぎょう》や世界に名だたる会社とも取引があるのに、謙虚《けんきょ》な姿勢の彼にますます惚《ほ》れ直す。

高梨製作所の職人の中でも理央は若くして高い技術力を有しているのに、それをひけらかすことはない。俺とて、そんな彼に優秀だと評価して貰えて嬉しかった。

しかし素直《すなお》に告げることはできず、代わりに「ゴルフ、来月は如何ですか？」と訊ねる。突っ慳貪《けんどん》な声音《こわね》になったことを後悔しながら、彼の崩《くず》れない笑顔《えがお》を見て胸を撫で下ろす。

せめて約束の日には、彼の前で少しでも感じよく振る舞《ま》おうと密《ひそ》かに誓《ちか》い、スケジュールを確認《かくにん》するために携帯《けいたい》に手を伸《の》ばした。

◇◇◇

別荘は旧軽井沢の上の方に位置している。周囲には商店や観光名所はなく、ひたすら緑に囲まれた静かな場所だ。建物は私道の先にあるので、公道からは門や中の様子は分からない。

門の内側は、母の趣味《しゅみ》である薔薇《ばら》の庭園が広がり、建物自体も英国風に造られている。

父は洋風建築は好みではないが、こちらに関しては母の好きなようにさせていた。

「本日は午後から雨との予報が出ておりますが」

普段近くにある祖父の別荘と一緒《いっしょ》に、こちらの手入れもしている管理人がそう口にする。

軽井沢に行くと話したら、祖父の別荘も父の別荘も両方とも来客の準備を整えておいてくれた。万が一、父の別荘に何かあったときに、祖父の別荘を利用できるようにとの配慮《はいりょ》だろう。

「分かっている」

　この日のために、予報士の資格が取れるほど気候の読み方を勉強した。太平洋側から上がってくる高気圧の影響《えいきょう》でこの辺りが雨になるという俺の予想は、どんよりとたれ込めた重い雲がまもなく現実の物にしてくれるに違いない。ラジオの天気予報士もまるきり同じ意見だった。

「畏《かしこ》まりました。ではゴルフクラブの予約はこのままにしておきます」

　小型カメラを設置している雇用《こよう》主の孫を見ても、管理人は特にこれといった疑いをはさむことはなかった。偏屈《へんくつ》な祖父の下で長年秘書を務めていたため、菱守家の人間の異常行動に慣れている管理人は、平然と「夕食は如何《いかが》いたしましょうか」と訊ねてくる。

　俺は浴室のライトの陰《かげ》に四台目のカメラを設置しながら、「そうだな」と考えた。

「夕食は、まだ決まっていない。どちらにせよ、自分で手配する」

　理央次第《しだい》だ。どこかに出掛《でか》ける雰囲気《ふんいき》なら、市街地にあるレストランを予約すればいい。予約が必須《ひっす》の店もあるが、世の中の大抵《たいてい》の事は金かコネクションが解決してくれる。雨が酷《ひど》くなるようなら、ケータリングを頼《たの》むか、自分で作るのも良い。来客の準備が整っているということは、冷蔵庫やパントリーには食材が用意されている筈《はず》だ。しかし理央が屋敷《やしき》に来ない可能性もあるので、あまり細かい部分まで詰《つ》めて、後々落胆《らくたん》するのは避けたい。

「左様で御座《ござ》いますか。ところで、世宗様」

　今までと違《ちが》うトーンで話しかけられて振《ふ》り返る。流石《さすが》に六台目のカメラを見て思うところがあったのかと、年を取っても聡明《そうめい》なままの管理人の言葉を待つ。

「下からのアングルがないようですが、宜しいのでしょうか。差し出がましいようですが、全《すべ》て上からのアングルばかりですので」

「なるほど、そうだな」

「セロームの植木鉢《うえきばち》を持って参りましょう」

やはり運転手を含め、菱守の使用人は優秀な者ばかりだと、改めて感心していると、時計が六時を指す。理央との待ち合わせはまだ二時間先だが、失礼がないように念入りに体を洗った後で、待ち合わせ場所に三十分前につく事を考えると、悠長《ゆうちょう》にしてはいられない。

管理人が持ってきた植木鉢のウッドチップに、上手くカメラを隠《かく》してから動作確認を行う。

「完璧《かんぺき》だな」

撮《と》った映像を確認してから、ゲスト用の浴室を出ると、二階の家族用の浴室でシャワーを浴び、昔から自分用にしている部屋で白いポロシャツとベージュのパンツに着替《きが》える。

それから鏡を覗《のぞ》きこんで髪《かみ》を整え、改めて今日の予定をシミュレートした。

七時半、ゴルフ場着。八時、理央と合流。ゴルフ場を回っている最中、十二時過ぎ頃《ごろ》に雨が降る。着替えを貸すという名目で別荘へ連れこみ、雨が止《や》むまでと約束して彼を持て成す。雨が上がり次第食事に誘うか、雨が酷くなるようなら宿泊《しゅくはく》を勧める。

「夕食を共にできるようなら、彼には酒を勧《すす》めた方が宿泊に繋《つな》がりやすくなるな」

頭の中で何度もなぞったルートを、もう一度最初から繰《く》り返した。

時間が近づくに連れ、緊張《きんちょう》が高まるのを感じる。トランクに積んだゴルフバッグは何度も確認した。それが使い込まれた物だと、指摘《してき》された場合の言い訳も考えている。クラブハウスの従業員にも、同行者に常連だと知られたくないから挨拶《あいさつ》を控《ひか》えるようにと、事前に伝えていた。加えてゴルフカートやキャディを付けなくていいということも。

理央には経験がないと言ったが、ゴルフは子供の頃から親に付き合って何度となくしている。スコアも80台だが、スポーツは実力以上に見せることは難しくても、反対なら簡単だ。

「後、他《ほか》にすべきことは……」

思索《しさく》していると、調査会社からメールが届く。理央が高速を降りたという知らせだった。随分《ずいぶん》早いが、既《すで》にゴルフ場に向かっているらしい。この分だと理央が先に到着《とうちゃく》してしまう。彼をあまり待たせるわけにはいかないので、少し早い時間だが家を出ることにした。

「柳野」

声を掛《か》けると、柳野が頷《うなず》く。管理人にも家を出ておくようにと指示して、車に乗り込んだ。

「本日はあまり天候が優《すぐ》れないようですが、傘《かさ》をお持ちにならなくても宜しいのですか？」

管理人と同じく、天候を心配する柳野に「分かっている」と答える。

傘は持ち歩くつもりはない。もしろくに濡《ぬ》れなければ、理央を家に招待する口実がなくなる。彼を雨に濡らすことには罪悪感を覚えたが、それを飲み込んで柔《やわ》らかなシートに体を預ける。

ゴルフ場まではさほど掛からなかった。予定より十分早く到着すると、理央の車は既に駐車《ちゅうしゃ》場《じょう》の一角に停《と》められていた。彼がゴルフバッグを取り出して、ハウスの方に歩き出すのを見つめ、深く息を吐《は》いて心を落ち着かせる。プライベートで顔を合わせるのは、高校の頃《ころ》以来だ。

この計画が上手くいくかどうかは俺の振る舞いにかかっていると思うと、尚更緊張《なおさらきんちょう》した。

「上手くいくだろうか」

「行動は必ずしも幸せをもたらす物ではないが、行動なくして幸せはない。絶縁《ぜつえん》した息子《むすこ》に会うべきか迷っていたとき、世宗様が下さった言葉です。今度は私が同じ言葉を贈《おく》ります」

俺の言葉じゃない。最初にそれを言ったのはベンジャミン・ディズレーリだ。

しかしそんなことはどうでもいい。怯《ひる》んでいた俺の背中を押す柳野の言葉に頷く。行動しなければ何も手に入れることはできない。彼の裸体《らたい》が見たいならば、上手《うま》く振る舞うしかない。

「ありがとう、柳野。決心が付いた」

「私はこちらで待機しております」

「分かった」

理央がいなくなったのを見計らって、車から降りる。バッグを出して貰《もら》い、それを手にハウスに向かって歩く。一歩進むごとに目眩《めまい》を伴《ともな》う緊張が足下《あしもと》から這《は》い上がってくる。

クラブハウスの中に入ると、理央はカウンターで従業員と談笑《だんしょう》していた。

黒のTシャツと、灰色のパーカー、デニム姿の理央はここにいる誰《だれ》よりもラフな格好だが、それがまた上級者のようで見惚《みと》れてしまう。ゴルフ場のデニムに難色を示すプレイヤーもいるが、それは古い考えだ。クラブハウスのドレスコードに違反《いはん》しないのであれば、問題はない。

「早いですね」

「菱守さんも」

「私は……早めに来るのが癖《くせ》なので」

従業員は俺の顔を見て頭を下げた。名前を告げるとすぐに予約を確認し、手続きに入る。その間理央は壁掛《かべか》けのテレビが流す天気予報を眺《なが》めていた。

従業員は登録を終えると「本日のコースを説明させて頂きます」と、初めて来るゲストに対してマニュアル通りにコース説明を始める。理央はそれに頷きながら聞き入った。

形式的なやりとりを終えたあと、理央は「この分だと一時間もすれば雨になるかもしれませんね」と口にした。視線はいつの間にか、窓の外に向いている。

「ショートコース、もしくはハーフに変更《へんこう》なさいますか？」

気《き》が利いているが、気が利いていない従業員の申し出に困っていると、彼が俺を見た。

「でも、菱守さんはフルで下見がしたいんですよね？」

確かにその方が万が一雨が降るのが遅《おく》れた際に都合が良いが、理央に無理強《むりじ》いをしてマイナスの感情を持たれるのは恐《おそ》ろしかったので、「高梨さんさえ良ければ」とだけ答える。

「俺は大丈夫《だいじょうぶ》ですよ。じゃあ雨が酷くなったら、切り上げましょうか」

「ご連絡《れんらく》頂ければ、お迎《むか》えに上がります」

従業員は丁寧《ていねい》に礼をしてから、俺達を送り出した。理央も俺も着替える予定はないので、そのままマスター室に寄って外に出る。普段《ふだん》は青々と輝いて見える芝生《しばふ》は、天気のせいで鈍《にぶ》い色合いに見えた。

今日雨が降ると知っているのか、プレイヤーの殆《ほとん》どが急いでいるように感じる。

軽くグリーンで練習した後で、最初のホールに向かった。

「回るの久し振《ぶ》りだから楽しみです」

「こんな場所までお呼び立てしてしまって気が引けていたので、そう言って頂けると幸いです」

「じゃあ、菱守さんが先にどうぞ」

「どのあたりに打てばいいのでしょうか」

「そうですね、あのあたりを狙《ねら》う感じで打ってみてください」

このコースは見た目より曲がっているので、理央の指した辺りより右に十五度ずらした位置が最適だが、打数を切りつめることより時間を掛けて回ることが目的なので、言われた通りの場所に打つ。しかし打ってからぐんぐん伸《の》びる打球を見て、また自分の失敗に苦い気分になる。下手《へた》なふりをするつもりだったのに、指定の場所にピンポイントに打ち込んでしまった。

「凄《すご》いですね、菱守さん」

飛距離《ひきょり》に純粋《じゅんすい》に感心されて、苦々しい気分で「いえ」と呟《つぶや》く。

「ビギナーズラックでしょう。偶然《ぐうぜん》良い場所に当たったようです」

「なんだか、俺なんかが教えるのはおこがましいですね」

苦笑する理央に「あまりそう煽《おだ》てられると、次から打ちにくくなってしまいます」と告げる。

口にしてから可愛《かわい》げのない台詞《せりふ》だったと慌《あわ》てたが、彼は気にした様子もなく自分のバッグの中からクラブを抜《ぬ》いた。理央がその際にパーカーを脱《ぬ》いだので、先程《さきほど》よりも露出《ろしゅつ》が多くなる。

間近で見る半袖姿《はんそで》にこくりと喉《のど》の奥へ唾液《だえき》を飲み込んで、晒《さら》される腕《うで》から目を逸《そ》らす。

インパクトの音を聞いてはっと視線を戻すと、彼の打球は俺のボールのすぐ傍《そば》に落ちた。

「高梨さんも、お上手ですね」

「俺は飛ばすのはいくらでもできるんですが、アプローチが苦手で」

会話は想定問答の甲斐《かい》もあり、滞《とどこお》ることはなかった。軽井沢に来るのは、学生時代以来だという理央に、穴場の場所を教えながら「では、この後に食事でも如何《いかが》ですか？」と誘《さそ》う時機を探す。食い道楽だった父のお陰《かげ》で、美味《うま》い店は良く知っていた。だから彼の好みに合わせて店を選択《せんたく》するつもりだったが、話の主題はいつの間にか仕事や結美のことに流れてしまう。

「でも、妹と菱守さんが同級生だったと知ったときは驚《おどろ》きました。俺も同じ高校なんですよ」

心得ております。だから大学は父の母校に行くのを条件に、公立高校に進学する許可を得ました。結美に近づいたのは、彼女があなたの妹だからです。そして結美が私に近づいたのは、金目当てでした。利害関係は一致《いっち》し、現在も良好な取引関係を継続《けいぞく》しています。とは言えない。

「叔母《おば》は結美が菱守さんと結婚《けっこん》したら、なんて話してます。失礼ですが、恋人《こいびと》はいるんですか？」

確かに彼女と夫婦《ふうふ》になるのも悪くない。結美の結婚相手への条件は「億万長者」であることのみだ。彼女のことだから、金さえ与《あた》えていれば俺が理央に恋愛《れんあい》感情を抱《いだ》いたままでも文句は言わないに違いない。それに結婚すれば、彼の義弟《おとうと》になれる。婚姻届《こんいんとどけ》一枚で理央との間に繋がりができるのだ。親族になれば、顔を合わせる機会も今以上に増えるだろう。

「菱守さん？」

つい義弟になり「世宗」と呼び捨てにされる妄想《もうそう》に浸《ひた》っていた俺に、彼が声を掛けてくる。

「いえ、いません」

「菱守さんみたいな方だと、そういうお誘いが多そうですね」

長く返事しないことを否定的に取られたのか、苦笑する理央に「確かに親同士の結婚は利害で決めたようですが、私は結婚相手は家がなんと言おうと、自分で決めます」と返す。

理央以外の人間は誰でも同じなので、一族の繁栄《はんえい》を基準に相手を選ぶことに異論はなかったが、彼と近づく手段として使えるなら、それに越《こ》したことはない。それにこの件に関して結美ほど理解ある妻は、得られないだろう。今まで思いつかなかったことの方が不思議だ。

「因《ちな》みにどういった方が好みなんですか」

見知らぬ子供の玩具《おもちゃ》を直してくれるような、その子が従兄弟《いとこ》に虐《いじ》められているのを見て助けてくれるような、そんな人が好きだ。むしろその人しか好きになれない。

「特にこれといって、条件はありません。好きになった方が、好みです。……高梨さんは？」

理央は僅《わず》かに考える素振《そぶ》りを見せてから「かわいい人がいいですね」と答える。

「それも、漠然《ばくぜん》としていますね」

「そうですか？」

微笑《ほほえ》んで先を歩く理央に上手く誤魔化《ごまか》された気がしたが、自分が彼の対象にならないことは昔から分かっていたので、今更《いまさら》この程度で落胆《らくたん》はしなかった。

俺にとって恋愛はもはや執念《しゅうねん》だ。ライフワークにも近い。理央との時間は、人生を輝《かがや》かせてくれる。だけどその輝きのために、灰色の日々を過ごすことに最近は疲《つか》れも覚えていた。

だから無為《むい》の日々の糧《かて》に、彼の裸《はだか》の映像を入手したい。勿論《もちろん》、いやらしい事には使わない。

今までだって、一度もそういう行為《こうい》に使った事はなかった。夢に出てくる分は不可抗力《ふかこうりょく》として、意識的に使用することはない。そもそも盗撮《とうさつ》ではなく、浴室に仕掛《しか》けたカメラに偶然理央の映像が入ってしまうだけだ。だから、疚《やま》しいものではない。決して。

徐々《じょじょ》に存在感を増す罪悪感に言い訳をしながら、それでも理央に指示される通りにクラブを替《か》え、ゴルフに興じていると、ぽつりと頬《ほお》に冷たい物が当たる。

「降ってきましたね」

予定よりも二時間早い。山の天気は予測しにくいというが、あれほど綿密に計算したのに呆《あっ》気《け》なく早まった降水を恨《うら》めしく思い空を睨《にら》む。まだクラブハウスからはそれほど離《はな》れていない。

今帰ったら、ろくに濡《ぬ》れずに済む。加えて食事の時間にはまだ早いので、彼を引き留めておく理由が見当たらない。ここで終わったら、何のために軽井沢まで来たのか分からない。

「このホールだけ、お願いします」

曇《くも》った空を見上げている理央に頼《たの》むと、彼はあっさりと「分かりました」と頷《うなず》く。

その代わりに自分のパーカーを俺に渡《わた》してくれた。

「フードを使えば、ちょっとはましだと思いますから」

「いえ……、それでは高梨さんが」

「俺なんかより、菱守さんが風邪《かぜ》ひいたら大変だから」

そう言うと理央は「じゃあ、急ぎで回っちゃいましょうか」とバッグを背負い直す。

パーカーを思わず胸に抱くと、そこからじわりと彼の優《やさ》しさが染《し》みこんでくる気がした。

取引先の我が儘《まま》な相手を気遣《きづか》える雅量《がりよう》に感嘆《かんたん》しながら、パーカーを着る。袖《そで》は指先が辛《かろ》うじて出る程度の長さだった。体格差から考えて、理央にとっても大きめに作られているようだ。

好意を無駄《むだ》にしないためにもフードを被《かぶ》ると、振《ふ》り返った彼が意外そうに口元を綻《ほころ》ばせる。

「菱守さん、パーカー似合いますね」

「こういった物はあまり着慣れていないのですが」

「確かに菱守さんは、私服もちゃんとしてそうだな」

何が面白《おもしろ》いのか、雨に濡れながら彼が笑う。いつも微笑んでいるその彼の肩《かた》に雨が落ちる。池にも落ちた雨が、ぽとぽとと鳴った。彼と一緒《いっしょ》にいると雨音すら美しいポリフォニーに変わる。けれど聴《き》き入っていられたのも僅かな時間で、すぐに激しくなるその音が耐《た》え難《がた》くなる。

水を吸ったパーカーは歩く度に重さを増して、彼のシャツもすっかり色が変わってしまった。

袖の辺りを弄《いじ》りながら、前を行く理央の背中を見つめる。段々と雨に濡れて色が濃《こ》くなっているシャツを見ていたら、自分が酷《ひど》く醜《みにく》い人間だと、その色に知らしめられている気がした。

「すみません、もう大丈夫です」

思わずそう声をかけたが、歩き出した理央には聞こえないようだった。

慌てて追い掛《か》けてシャツを摑《つか》む。じっとりと濡れた服に、今更ながら泣きたい気分になる。

そのときシャツ越しに理央の背中に触《ふ》れた。

温かい皮膚《ひふ》の感触《かんしょく》に、ぱっと頰が赤くなるのが分かったが、隠《かく》す間もなく目が合ってしまう。

澄《す》んだ瞳《ひとみ》に自分の邪《よこしま》な感情を見透《みす》かされるのは怖《こわ》かったが、逸らすことはできない。

「菱守さん？」

「自分の都合で物を言ってしまい、すみませんでした。これ以上雨が酷くなる前に、帰ります」

意見を翻《ひるがえ》した俺に、彼は気分を害した様子もなく微笑んで「じゃあ、今度晴れた日にまた来ましょうか」と優しい提案をしてくれた。

◇◇◇

柳野には悪いが、理央が送ってくれるというので、タクシーで来たと嘘《うそ》を吐《つ》いた。

助手席から次に連絡《れんらく》するまで、時間を潰《つぶ》すようにとメールを送る。文末で祖父の別荘《べっそう》で休んでもいいと許可した後で、窓外に視線を向けると、雨足は随分《ずいぶん》強くなっていた。

「しばらく止《や》みそうにないですね」

早めに切り上げたつもりが、クラブハウスから車までの間で滴《したた》るほど濡れてしまった。

シートを汚《よご》してしまうと遠慮《えんりょ》していた俺に、彼は「俺も濡れてるから、気にしないでください」と笑って、車に置いてあった一つしかないタオルを貸してくれた。こうなることを画策していただけに、ますます居たたまれない気分になる。

「私の我が儘のせいで申し訳ありませんでした。お詫《わ》びといってはなんですが、是非《ぜひ》うちでお休みになってください」

「でも迷惑《めいわく》でしょうから、菱守さんを送ったらすぐに帰りますよ」

「別荘には私以外誰《だれ》もいません。どうか遠慮なさらずに」

不意にゲストが来ると言ったらやけに嬉《うれ》しそうだった管理人の姿を思い出す。

誰も来ない屋《や》敷《しき》の手入れを黙々《もくもく》と行うよりも、人の出入りがある方がやりがいがあるらしい。

いや、もしかしたら親しい友人がいない俺が、誰かを連れてくることに喜んでいたのだろうか。

使用人達は、昔から感情に乏《とぼ》しかった俺が、子供のように振る舞《ま》うことを喜ぶ節がある。

「じゃあ、お言葉に甘えて」

その言葉を引き出せたことで、漏《も》れそうになる安堵《あんど》の吐息《といき》を飲み込む。

横殴《よこなぐ》りの雨のせいで、フロントガラスには時折木の葉が張り付いては、飛ばされていく。

今日は元々その予定だったので、彼のための服が別荘には何着か用意されている。不審《ふしん》がられたら、ゲスト用に常備してあるものだと弁解をする予定だ。

「そこの交差点を左折してください」

体は湿《しめ》っていたが、計画通りに進んだ高揚《こうよう》のお陰で、不快感はなかった。

「分かりました。ところで菱守さん、寒くないですか？」

九月の軽井沢は天候によって気温が随分変わる。今日は朝から少し肌寒《はだざむ》いぐらいだったが、雨が降ったことで更《さら》に気温が下がった。しかしまだ暖房《だんぼう》を付けるほどではない。

というより、そんなことを忘れるぐらい理央の車の助手席に乗っている状況《じょうきょう》に、頭が持って行かれていた。休日に軽井沢をドライブなんて、それはまるで――いや、ただの接待だ。勘違《かんちが》いしてはいけない。一度でも現実と妄想を取り違《ちが》えると、返って来られなくなりそうだ。

「平気です」

盗撮《とうさつ》を企《くわだ》てているのに、心配されると気が咎《とが》める。道に外れた行為だとは自覚していたが、いざそれが現実になる段階が近づいて来ると、石を飲み込んだように腹の底が重くなった。

そもそもそんなことをした後で、彼の顔をまともに見られるだろうか。

鬱々《うつうつ》と考えていると「まだ直進で大丈夫《だいじょうぶ》ですか?」と聞かれた。いつの間にか別荘に繋《つな》がる十字路を通りすぎている。しかし遠回りにはなるが、別の道からでも行くことは可能だ。

「次の交差点を右折してください。すぐに三叉路《さんさろ》にでるので、また右折でお願いします」

彼が頼んだ通りの道を曲がると、いよいよ家が近づいてくる。木立に囲まれた狭《せま》い道の奥、隠れるように密《ひそ》やかに建つ建物が目に入る。普段《ふだん》閉まっている門は、既《すで》に開放されていた。

「随分と大きいですね」

「ゲストを招くために建てられた物なので、部屋数は多いですが資産価値は高くありません」

土地神話が隆盛《りゅうせい》を極《きわ》めていた時代に購入《こうにゅう》したせいで、価値は当時よりかなり低下している。内側は数年前にリフォームしたが、外観は一部ひび割れや剥離《はくり》が目立っていた。母は却《かえ》って味があると主張しているらしいが、理央の目には手入れを怠《おこた》っているように映るかもしれない。

「もし……雨が酷くなるようでしたら、泊《と》まって行ってください。大雨の中、高速を運転して事故を起こしたら大変ですから」

普段は滅多《めった》にできない誘《さそ》い文句を、顔を見ないまま早口で告げてから車を降りる。

車庫から鍵《かぎ》を使って家に入ると、薄暗《うすぐら》い室内は静まり返っていた。管理人の気配はなく、密室で二人きりだと思うと先程《さきほど》の比ではないほどの緊張《きんちょう》が、足下《あしもと》から這《は》い上がってくる。

理央に分からないように吐息をついて、照明を点《つ》けた。ぱっと廊下《ろうか》が明るくなってから、俺の後を追って室内に入った彼を先導する。理央は感興をそそられたように室内を見回していた。

「廊下に彫刻《ちょうこく》が飾《かざ》ってある家って、初めてです」

「母の趣味《しゅみ》です。こちらへどうぞ」

廊下にもカメラは設置していた。見つからないうちにと、急《せ》かすようにフォーマルリビングに案内する。中央に置かれたチェスターフィールドの赤いソファを勧《すす》めて、タオルを取りに浴室に入った。そのときにカメラが目に入り、胃がちくりと痛む。

――これぐらい、大したことはない。彼に露見《ろけん》しなければなんの問題もない。

そう思い込もうとしたが、胃の痛みも腹の重みも増すばかりで、逃《に》げるように浴室を出る。

理央の元に戻《もど》ると、彼は立ったままレースのカーテンの隙間《すきま》から窓の外を眺《なが》めていた。

「お疲《つか》れでしょう。どうぞ座ってください」

「でも、濡れたまま座ったら汚しちゃいますから」

ソファに大した価値はない。カブリオールレッグや牛革のせいで高級に見えるのかもしれないが、「安物なのでどうぞ」という勧《すす》め方は、取りようによっては嫌《いや》みに聞こえる。

どう促《うなが》すべきかと考えていると不意に理央が手を伸《の》ばし、俺の頭からフードを落とした。

そうされて初めて、ずっと被っていた事に気づく。いや、そんなことより今指が髪《かみ》に触れた。

「あの……」

「俺のことより、早く風呂《ふろ》で温まった方が良いですよ。菱守さん、顔色が悪いです」

本気で心配してくれる様子に、戸惑《とまど》いながらも「いえ、これは」と言葉を濁《にご》す。

罪悪感で青ざめているだけだ。しかしそれは口にできない。

「妹から聞いたんですが、菱守さんって学校を病欠することが多かったんでしょう？」

病欠していたのは彼をつけ回すためだ。当時は大学にも、生徒を装《よそお》って潜入《せんにゅう》していた。大講堂で理央と一緒に聴講《ちょうこう》していたこともある。当然その間は高校を休んでいた。

彼の受講日程は結美から聞いていたので、仮病《けびょう》だというのは知っていたはずだ。それなのに余計な情報を兄に流した彼女への苛立《いらだ》ちを隠して弁疏《べんそ》を纏《まと》めていると、理央が気遣《きづか》う仕草で俺の額に手を当てた。その瞬間《しゅんかん》、脳内の文章が一文字ずつ蜘蛛《くも》の子のように四散する。

「頬《ほお》は赤いですが、熱はまだないみたいですね。でも、冷えて体調崩《くず》したら大変ですから」

ゴルフ場で見つめ合ったときから速くなり続けている鼓動《こどう》が、ますます速度を増す。

触れられたままの体が震《ふる》えた。慌《あわ》てて後ろに下がって、理央の手から距離《きょり》を取る。

わざわざそんな事をしなくても、手はまもなく離されただろうが、待てなかった。

あれ以上直に触《さわ》られていたら、身体《からだ》の表層的な部位に異常が発生してしまう。

「その服も濡《ぬ》れてるから、早く着替《きが》えた方が良いですよ」

優《やさ》しい理央を見ていたら、やはりカメラなんて仕掛《しか》けるべきではなかったと反省する。

「お気遣いありがとうございます。ゲスト用の浴室の準備をしたら、私も浴室を使います」

理央にはこの部屋で待っているようにと強く言い置いて、階段横の客室に向かう。

万が一、彼が泊まるときのためにとセッティングしてあるベッドの脇《わき》を通り、奥の扉《とびら》を開けた。浴室に入って浴槽《よくそう》にお湯が既に張ってあるのを確認《かくにん》してから、カメラを回収する。

一つ外すごとに、腹の中の重みが軽くなっていく。やはり間違っていたんだと反省し、道を外れずに踏《ふ》みとどまれた事に安堵する。カメラを持ち出す際に、見られても済むようにチェストから取り出したブランケットでそれを包み、部屋の外にある物置の中に放《ほう》った。

「お待たせしてすみません」

リビングに戻ると、理央は未《いま》だ立ったままだった。まだ遠慮《えんりょ》している彼を、浴室に案内する。

まだ午後に差し掛《か》かったばかりだが、嵌《は》め込み窓の向こうは随分と暗い。普段であれば風の勢いは弱まっていたが、代わりに稲妻《いなずま》の音が木霊《こだま》し始めている。普段であれば厄介《やっかい》にし厄介《やっかい》にしか感じないが、今日ばかりは彼をこの場に留《とど》めてくれる雨雲に感謝した。

「では、ごゆっくりどうぞ」

扉を閉《し》めるとほっとした。入浴中の音を扉越《とびらご》しに聞きたい衝動《しょうどう》を抑《おさ》え、家族用の浴室に向かう。

こちらは指示を忘れていたにも拘《かか》わらず、広い浴槽《よくそう》には湯が張ってあった。湯気の立つ浴槽を見て、気分が穏《おだ》やかになる。自覚はなかったが、指摘《してき》されたように、寒かったのかもしれない。

彼が浴室を出るよりも早く身支度《みじたく》を整えることを考え、体を浴槽に沈《しず》めた後は指先が温まるとすぐに浴室を出た。しかし脱《だつ》衣室に用意されているのはタオルと、ラフな部屋着だけだ。

「この服では、理央の前には出られないな」

すっかり自分の着替えを用意するのを忘れていた。詰《つ》めの甘さに呆《あき》れ、濡れた頭をタオルで乱暴に乾《かわ》かしながら自室に向かう。急いで着替えていると、ふっと照明が消えた。停電だ。

薄暗いが夜と違《ちが》って視界は利《き》く。しかしゲスト用の浴室は林を背にしていて、光はあまり差し込まない。理央に不便な思いをさせているのではないかと、慌てて彼の元へ向かった。

入る前に一度ノックをしたが、返事がないので躊躇《ためら》いつつも室内に足を踏み入れる。

窓を流れる雨の筋が、時折輝《かがや》く稲妻によって淡《あわ》い色の絨毯《じゅうたん》に模様を付けていた。

「高梨さん」

浴室の前で呼びかけても、答えはない。ノックをして待ったが、返るのは沈黙《ちんもく》ばかりだ。

「開けますが、宜《よろ》しいですか？」

十秒時間を置いてから、ドアを開ける。理央は俺に背を向けて立っていた。

腰《こし》にタオルを巻いただけの格好だったが、悠長《ゆうちょう》にその肢体《したい》に感想を抱《いだ》ける雰囲気《ふんいき》ではない。

黙《だま》り込む彼の横顔に珍《めずら》しく怒《いか》りが浮《う》かんでいるのを見て、戸惑う。

再び呼びかけようとしたときに、振《ふ》り向いた理央がふっと口元に笑《え》みを浮かべる。

普段とは違う、一見すると穏やかだが、どこか暗い雰囲気に思わず目を瞠《みは》った。

「暗い中でこれだけ光ってるから、すぐに見付けられました」

人差し指から小指へと花が咲《さ》くような優雅《ゆうが》な仕草で、ゆっくりと理央の拳《こぶし》が開く。掌《てのひら》に載《の》った黒い物体を見て、強く頭を殴《なぐ》られた気がした。佇立《ちょりつ》したまま、ただ言葉を探す。

それは回収し損《そこ》ねた電池式小型のカメラだった。起動を示す赤いライトが小さく灯《とも》っている。ウッドチップに隠《かく》した物だ。急いでいても、個数を確認すべきだった。

「このサイズだと、バッテリーは持っても最長で八時間ぐらいですね」

血の気が引く、という感覚を初めて味わう。温まった筈《はず》の指先が、恐怖《きょうふ》でかたかたと震えるのを自覚しながら、もうどんな弁明もできないと嫌な味がする唾《つば》を何度も飲み込む。

世界が瓦解《がかい》するのを感じ、懺悔《ざんげ》するように瞼《まぶた》を閉じる。いつかこんな日が来ると恐《おそ》れていた。だから必要以上に近づきすぎないよう、幾《いく》つかルールを決めた。そのルールを破った報《むく》いがこうして表れたのだと諦念《ていねん》し、掠《かす》れた声で「すみませんでした」と呟《つぶや》く。

「なんで謝るんですか？　やっぱりこれ、菱守さんが俺を撮《と》るために仕掛けた物なんですか？」

それは質問というより確認だ。否定も誤魔化《ごまか》しもできずに、がくりと頷《うなず》く。

どこから後悔《こうかい》したらいいか分からず「申し訳ありません」と再度頭を下げる。

許されないと分かっていた。鋭利《えいり》な言葉で斬《き》り付けられる覚悟《かくご》をしながら、体を強張《こわば》らせて彼の審判《しんぱん》を待っていると、理央が「何のために？」と問い掛けてくる。

質問の意図が分からずに顔を上げた。理央はカメラを弄《いじ》り、板型のメディアを抜《ぬ》き出すと、指先で割る。部屋に響《ひび》いたのは軽い音だったが、びくりと肩《かた》が跳《は》ね上がった。

震えていると理央が小さく笑う。だけど許された訳じゃないと、肌《はだ》を刺《さ》す空気に教えられる。

「何のためにカメラなんか仕掛けたの？」

体が強張った。彼の冷たい視線に言葉を紡《つむ》げなくなる。

理央は温和な人間だ。どちらかと言えば、そのせいで損をするタイプだ。けれどここまでされたら、いくら彼でも怒りを覚えるに違いない。自分の裸《はだか》を盗撮《とうさつ》されることをよしとする人間なんていないだろう。殴られても蹴《け》られても、罵《ば》声《せい》を浴びせられても受け入れるしかない。

不意に、以前結美が口にした台詞《せりふ》が脳裏《のうり》を過《よ》ぎった。

『お兄ちゃんは敵だと思った相手には容赦《ようしゃ》ないよ。相手が反撃《はんげき》する気がなくなるまでやるもん』

許してもらえるとは思えなかったが、もう一度「すみません」と抑揚《よくよう》のない声で謝る。

不意に、俯《うつむ》いていた頬に理央の指が触《ふ》れた。肌寒《はだざむ》さのせいだけではなく、鳥肌《とりはだ》が立つ。

「謝れって言ってるんじゃなくて、何のために仕掛けたのかって聞いてるんだけど」

答えなければと、ろくに動かない頭で考えて「知りたかったのです」と、口にする。

「おかしなことに使うつもりは、なくて。ただ、高梨さんのことを全部知りたかった」

普段《ふだん》は服に隠された部分を目にして、理央の全《すべ》てを知りたい。

それは紛《まぎ》れもない本心だったが、許されるような理由でないことは分かっていた。

「菱守さんが、こんな卑劣《ひれつ》な人だとは思わなかった」

棘《とげ》を含《ふく》んだ声に視界が霞《かす》む。理央を失望させたと思うと、死にたくなった。謝ることしかで

きずに、壊《こわ》れたロボットみたいに謝罪を繰《く》り返していると、頬に触れていた指が唇《くちびる》に移る。

恐る恐る視線を合わせると、彼は優しげに「見たいなら、そう言えば良かったのに」と口にする。しかしその声はどこか、子供が無邪気《むじゃき》に昆虫《こんちゅう》をいじめる雰囲気と似ていた。

彼の黒い瞳《ひとみ》が何を考えているのか分からずに戸惑《とまど》っていると、顎《あご》を軽く指で上向かされる。

「その代わり、俺も菱守さんの体見るけど。そっちばっかりってのは、不公平でしょう？」

台詞の意味が分かったのは、シャツに理央の指が掛かってからだった。

「何、を……」

「脱《ぬ》がせないと、見えないじゃないですか」

「止《や》めてください」

思わず身を捩《よじ》って後退《あとずさ》ると、背中にかたりと壁《かべ》が触れた。

薄暗《うすぐら》い浴室で逃《に》げ場を探すために視線を彷徨《さまよ》わせると、理央は「脱がされるのは嫌《いや》ですか？」と聞いてくる。素直《すなお》に頷く。許して貰《もら》えるかも知れないと、微《かす》かな希望があった。

けれど微笑《ほほえ》みながら告げられた彼の台詞に、その希望はあっさりと握《にぎ》り潰される。

「じゃあ、自分で脱いでください。俺は何もしませんから」

◇◇◇

子供の頃《ころ》から、ただ純粋《じゅんすい》に愛する人を執拗《しつよう》に追い掛けて来た。

事情を知る大人は誰《だれ》も止めなかったが、異常であることは分かっていた。

それでも気になって気になって、病的なほどその存在を求めた。

「菱守さんて、肌白いですね」

電気が回復したらセントラルヒーティングを入れなければと考えながら、止まりそうな手を動かしてシャツのボタンを外す。ダイニングには母のお気に入りのサモワールまで用意して礼遇《れいぐう》の準備を整えてあるのに、暖房《だんぼう》が入っていなかったのは風呂《ふろ》を勧《すす》め易《やす》いようにという管理人の配慮《はいりょ》だろうか。そんな風に余所事《よそごと》で気を紛らわせて、震える指を次のボタンにかける。

しかしもたついても理央は急《せ》かさずに、珍しい生き物を観察する様子で俺を見ていた。

「もう……」

「もう、なんですか？」

許しを請《こ》うための唇は、彼の棘を含んだ声で動かなくなる。

ほどなく全てのボタンを外し終えた。肌を這《は》う視線から隠れることができず、怖々《こわごわ》視線を上げると、彼は先を促《うなが》すように首を傾《かし》げた。その仕草に、いよいよ泣きたくなる。

「俺、止めていいって言ってないよね？」

責める色を孕《はら》んだ言葉に、まだ終わりではないと教えられ、仕方なくベルトに手をかけた。

それでも躊躇《ためら》っていると「脱がされるのは嫌なんでしょう？」と重ねて問い掛けられる。

改めてこれが罰《ばつ》なのだと分かり、指がもつれた。彼の目的は俺を辱《はずかし》める事だ。逆らってはいけないと、シャツを落として鈍《にぶ》い手つきでベルトを外し、靴下《くつした》に下着だけの間抜《まぬ》けな格好になった。そのまま羞恥《しゅうち》に身を竦《すく》ませていると「続けてください」と理央が言う。

のろのろとしゃがみ込んで靴下を脱ぎ、ようやく終わったときは、安堵《あんど》で吐息《といき》が漏《も》れた。

しかし顔を上げて目が合うと、彼に「それも脱いで」と言われる。

その瞬間《しゅんかん》、反射的に首を横に振っていた。髪《かみ》が微かに立てる音を、他人事《ひとごと》のように聞いた。

「もう、許してください」

「できないなら、俺がやりましょうか」

肩を軽く押されて、背中がひやりとした壁に押し付けられる。そして彼の手が腹に触れた。

「っ……や、めてください」

かさついた指先が、そのまま皮膚《ひふ》を辿《たど》って下着の中に入り込んだとき、咄嗟《とっさ》に彼の腕《うで》を摑《つか》んだ。何度もした後悔が頭を掠める。理央は冗談《じょうだん》でこんなことをする相手じゃない。本当に怒《おこ》っているのだと分かり、怯《おび》えて吸い込んだ息が、ひゅっと喉《のど》の奥で鳴る。

「菱守さん、すげぇ震えてる」

笑い混じりに指摘《してき》された。自分でも情けないが意志ではどうにもならない。

そうこうしているうちに彼の指は止まることなく茂《しげ》みに触れ、じわりと眦《まなじり》が滲《にじ》む。

この行為《こうい》を止めて欲しいのに、腕《うで》に這わせた指先の爪《つめ》を立てることすらできない。理央の気が済むように、どんな罰でも受けるべきなのだと思う一方で、こんな恥《は》ずかしいことにはこれ以上耐《た》えられないとも分かっていた。溢《あふ》れそうになる感情を飲みこむために、唇を嚙《か》みしめる。

「高梨さん」

掌で生殖器《せいしょく》を包まれてスンと鼻が鳴る。目に焼き付くほど見てきた掌の感触《かんしょく》に、こんな状《じょう》況《きょう》なのに恥ずかしげもなく反応する。裏側をさすられて、形を覚えるように睾丸《こうがん》に触れられた。

「っ……ふ」

　噛み殺し損なった自分の声を聞いて、反射的に顔を背けて息を詰める。

　彼は嬲《なぶ》るようにそれを弄った後で、下着を下げた。恥ずかしい体が晒《さら》されて、死にたい気持ちで俯くと、思いの外近くにあった彼の唇から漏れた吐息が頬《ほお》を掠める。

「男のは正直無理だって思ってたんですけど、菱守さんのはなんか、いけそう」

　先端《せんたん》を撫《な》でられて「やめてください」と、一つ覚えのように効果のない台詞を繰り返すと、彼に「こういうの、想像してたんじゃないんですか？」と不思議そうな顔で尋《たず》ねられた。

「それとも菱守さんの方が俺にこうしたかった？」

　からかい混じりの声音《こわね》に、先程《さきほど》よりも激しく首を振った。

「考えていません、でした」

「だって盗撮って、それ以外に理由ないだろ？　知りたいってそういう意味じゃないの？」

「俺はただ……見てみたかっただけで、いけないことに使うつもりはありませんでした」

　俺にとって恋愛《れんあい》対象であると同時に、憧《あこが》れの相手に責められて、死にたいほど後悔する。

「いけないって、盗撮自体駄目《だめ》だろ。なんか菱守さんの善悪の基準って、おかしいよね」

　嫌《きら》われることはしない、犯罪は犯《おか》さないとストーカーとしての碇泊《ていはく》点を定めたはずなのに、盗撮《とうさつ》に関しては自分の領域内なら問題はないと都合良く思い込もうとしていた。確かに矛盾《むじゅん》している。

　彼の手から逃《のが》れたくて身を振りながら自省していると、不意に身動きの取れない俺をじっと見つめた理央に「菱守さんて、もしかして経験ないの？」と訊《き》かれたので、首肯《しゅこう》した。

「こんなに綺麗《きれい》なのに、誰にも触れられたことがないの？」

彼の声には驚《おどろ》きが混じり、その手が反応し始めた生殖器の形をなぞるために這わされる。

他人に触れられることには慣れていない。しかも相手は理央だ。なのにどうしていいのか分からなくなる心に反して、彼の手の中でそれは醜悪《しゅうあく》な程に膨《ふく》らんでいく。

「……ぁ、ぅ」

するりと先端を撫でられて思わず声が漏れ、体中が羞恥に染まる。罰を受けて喜んでいる姿は自分でも浅ましくて、これ以上醜態《しゅうたい》を晒さないことだけを考えていると、目の前の喉がこくりと上下した。そして先程まで俺の肩を背後の壁に押し付けていた理央の手が、胸に触れる。先端を摘《つ》まむように引かれて、「っ、あ」と高い声が漏れた。瞬《まばた》きをすると、眦に溜《た》まっていた雫《しずく》が決壊《けっかい》をするように、漏れて頰を伝う。顔を背けたまま視線だけで彼を窺《うかが》うと、今までとは明らかに違《ちが》う感情を孕んだ目にぶつかり、ますます追いつめられた気がした。

「じゃあ、自分でしてるの？　ここ弄《いじ》るときは誰のこと考えてる？」

彼の指が緩《ゆる》く根本をさすった。優《やさ》しくもどかしい手つきで撫でられて、腰《こし》が揺《ゆ》らめきそうになる。触れられるのは怖《こわ》くて嫌なのに、その先を怯えながら望んでいる自分に気づき、顔が一層熱くなった。そんな欲望《よくぼう》を全て彼に見透《みす》かされているのではないかと思うと、目が涙《なみだ》で霞《かす》む。

「何も、考えないように……して」

誤魔化《ごまか》しも沈黙《ちんもく》も怒られる気がして、聞かれたまま素直に答える。

けれど友人と呼べる人間は少なく、いたとしても彼らとはこの手の話はしなかった。だから赤裸々《せきらら》に性事情を語る事に強い抵抗《ていこう》を覚える。房事《ぼうじ》の話題は今まで口にしたこともなかった。

「どんな風にするか見せて」

首を振《ふ》ったが、低い声で「見せて」と催促《さいそく》される。断り続ければさらに機嫌《きげん》を損ねるかもしれない。一度も怒鳴《どな》られたことはないし、暴力を奮われたこともない。だけど俺は彼が怖くて仕方がない。嫌われたまま許して貰えない状況が、どんな罵声や暴力よりも恐《おそ》ろしかった。

こわごわ自分のそこ《そこ》に手を伸《の》ばす。俺の手が触れると、理央の手は離《はな》れた。先程の要求を取り下げてくれないだろうかと未練がましく彼の顔を見つめたが、唇は閉《と》ざされたままだ。諦《あきら》めと後悔《こうかい》を飲み込んで、自らの生殖器《せいしょくき》に触れた。ゆるゆると擦《こす》っても、緊張《きんちょう》のせいか普段のようにできない。こんな姿を憧れ続けた人に晒しているのが、恥ずかしくて堪《たま》らなかった。

情けない気分で触れていたせいか、それは徐々《じょじょ》に萎《な》えていく。見窄《みすぼ》らしく垂れ下がる物をどうすることも出来ずに再びスンと鼻を鳴らすと、理央の手が腰骨《こしぼね》の辺りを優しく撫でた。

「手伝ってあげる」

「や」

理央の指が再び絡《から》みつく。まるでそれを待っていたように、再び熱が這い上がってくる。あざとく反応してしまう制御《せいぎょ》できない体が情けなくて、濡《ぬ》れた頬を乱暴に手の甲《こう》で拭《ぬぐ》うと、指先に柔《やわ》らかな感触を覚える。思わず手を離すと、空いた頬に先程と同じ感触を覚えた。濡れたせいで伝導率の高くなった皮膚に、温かな彼の唇《くちびる》が押し付けられる。

「あ」

喜色にまみれた声が漏れた。甘やかすように何度か触《ふ》れるその唇に、こんな状況なのに嬉《うれ》しくなる。一生そんな風に触れられることはないと思っていた。望むことすらしなかった。だけど与《あた》えられて初めて、ずっとそれが欲しかったのだと気づく。彼の唇、彼からのくちづけに溶《と》けそうになる。怒っている筈《はず》の理央が、どうしてそんな風に優しく触れてくれるのか分からず、思考を放棄《ほうき》するように目を閉じた。すると視界に映らない分、他《ほか》の感覚が鋭敏《えいびん》になる。

「……ぁ」

眦を唇が掠《かす》め、同時に指先が下生えのあたりに触れる。押し殺せない声が漏れ、理央の腕に手をかけた。すると彼の指が充血《じゅうけつ》し膨らんだ生殖器の先、割れ目にやさしく這わされる。途端《とたん》にざらりとした皮膚の感覚をそこに覚えて、瞼《まぶた》の裏に理央のあの美しい手が浮《う》かぶ。

「っん……ぁ、高梨さん」

彼の指を汚《よご》すつもりはないのに次第《しだい》に先端が濡れ始め、絶望的な気分になる。隠《かく》せないと分かっているのに、それでも屈《かが》み込んでしまうと、彼の肩《かた》に頭が触れた。同時に彼の舌が耳を辿り、意図せず喉の奥から吐《は》き出すような、熱の籠《こ》もった息が漏れる。

「もう自分でできる？」

からかうような声音に、もう一度彼の前で自慰《じい》をすることを想像し、反射的に首を横に振ると「じゃあ俺が最後までしてあげる」と言われ、再び首を横に振った。しかし触れられている所はくちくちと音を立て、擦られれば擦られるほど熱を上げ、溶かした欲望を滴らせる。

もう彼の指から滴《したた》って、床《ゆか》を汚してるかもしれないと思うと、今すぐ消えてしまいたくなる。

「っ、ぁ、……、ぁ」

はしたない場所を理央は掌《てのひら》で包み込む。彼の手に囚《とら》われたことに、安堵なのか恐怖《きょうふ》なのか自分でもよく分からない感情が迫《せ》り上がって、それが小さな声になって唇から漏れる。

くちゅくちゅと摩擦《まさつ》で生まれる音が徐々《じょじょ》に大きくなっていく。はしたない姿を見せたくはないのに、指が離れそうになると無意識に腰が追い掛《か》けてしまう。

溢《あふ》れる唾液《だえき》を嚥下《えんか》すると、熱が体の内側をぐるぐると回る。欲望を宿した器官は解放を求めて、痛いほどに膨れ上がっていた。それでも粗相《そそう》をしてはならないと、腹の底に力を入れて耐える。彼の腕にかけた指先は、震えるばかりで何の抑止《よくし》もできない。

「高梨……さん、離してください」

情けない声で頼《たの》むが、理央は止《や》めない。冠状溝《かんじょうこう》の部分をかさついた親指で擽《くすぐ》られ、中指と人差し指で裏側の引き攣《つ》りを辿《たど》られる。途端にとろりと先端から我慢《がまん》しきれなかった雫が零《こぼ》れ、もうこれ以上は堪《こら》えられないという想《おも》いを代弁するように、じわりと新たな涙が滲んだ。

「高梨さん、お願いします。もう、出てしまいそう……です」

滴った物のせいで、ぐちゅぐちゅと先程より官能を煽《あお》る音が室内に満ちていた。

このままでは本当に理央の前で粗相をしてしまう。かといって想い人の体に爪を立てることも、その手を振り払《はら》うことも出来ず、せめてもの抵抗に彼の肩を押しやろうとした。しかし力の差が歴然としているだけでなく、先端を指の腹で押し潰《つぶ》されると途端に体から力が抜《ぬ》けて、自力で立っている事すら難しくなる。結局、震《ふる》えながら耐えるしかなかった。

「ひ、あ、本当に、出そうなんです」

制止を無視した理央が、俺の耳を口に含《ふく》む。舌で弄られ、吸われる。唇と舌の動きが音になり、直接頭に響いた。硬《かた》い軟骨《なんこつ》を舐《な》められ、耳朶《みみたぶ》に歯を立てられ、いやらしい音に思考が麻痺《まひ》していく。不意に胸の先を摘まれて、びくりと腰が揺れた。ああ、と声が迸《ほとばし》る。

彼の指先は痛いぐらいにその場所を圧した後で、謝るように優しい手つきで撫でてきた。それだけでじんとした熱が灯《とも》る。彼のせいで、体が全《すべ》て淫猥《いんわい》な器官に変わってしまった気がした。

「だめ」

もう一度呟《つぶや》くと、胸は解放された。それでも下肢《かし》に満ちた欲望は消え去りはしない。

首を横に振ると、「楽になっていいよ」と、理央が耳に直接言葉を吹《ふ》き込む。

頭の中で反響《はんきょう》するその音に、だめ、だめ、と譫言《うわごと》のように呟きながらぎりぎりのところで耐えていたが、段々と何が駄目なのか分からなくなる。終わるには吐き出すしか方法がない。彼は許してくれた。なら躊躇《ためら》わなくてもいい。いや、解放してはだめだ。

揺れる気持ちのまま、ぎりぎりの所で耐《た》えていると、彼が耳元で「出して」と囁《ささや》く。

甘い命令に、千切れそうだった忍耐《にんたい》の糸が、あっけなくふっと切れた。

「あ、っ、……ぁ、あ、あ……ぅ」

腹の底がぐっと熱くなった瞬間《しゅんかん》、瞼の裏で光が明滅《めいめつ》し、我慢していた物が小さな穴から吐き出される。一度ではなく二度、三度と汚《けが》らわしい白濁《はくだく》が彼の手を汚した。だけど止めようもなく、浅ましく腰をひくつかせながら最後まで吐き出す。粗相をした場所はむず痒《がゆ》い痺《しび》れを残したまま上を向いて、彼の手の中に収まっていた。

「すみま……せ、ん」

体が作り変わってしまったような快感の後で、凄《すさ》まじい罪悪感と情けなさが押し寄せてきて、目の端《はし》から涙が雨のようにはらはらと落ちる。

もう何もかも終わってしまったと、背中を壁《かべ》に付けたまま、ずるずると床に崩《くず》れ落ちた。

組み木細工のフローリングの床に、へたりと伸びた自分の足と脱《ぬ》ぎ散らかした服を見つめ、涙を拭う事すら思いつかずに呆然《ぼうぜん》としていると「ごめんね」と彼が謝る。

理央は悪くない。元を辿れば、盗撮《とうさつ》を企《くわだ》てていたこちらに非がある。今まで、十五年に及《およ》ぶ付きまとい行為《こうい》を知ったら、彼は謝ったことを後悔するだろう。彼が不要と判断した物を愛《め》で、その生活音に聞き耳を立て、調査会社を使って日常生活を暴《あば》いている俺に、理央はどんな制裁を与える権利も持っている。だけど、こんな風に面白《おもしろ》半分に触れられるのはとても惨《みじ》めだ。

スンと鼻を鳴らすと、彼が俺の前にしゃがみ込んだ。

「本当にごめんね、最後まではしないから」

言葉の意味が分からずにぽかんと顔を上げると、その瞬間《しゅんかん》唇《くちびる》を塞《ふさ》がれた。

「た、か……、っふ、う、う、ん」

唇の隙間《すきま》から入り込んでくる舌に、驚《おどろ》く。舌同士が触れた途端、ぞくぞくと背中が震える。

思わず理央の肩に手を伸ばすと、余計に深く口内を犯《おか》された。急に深い接触《せっしょく》が怖くなり、逃《のが》れようとすると、彼は腰《こし》に手を回して剝《む》き出しの膝《ひざ》の上に俺を引きよせた。冷たい床から彼の硬い足の上に座らされ、慌《あわ》てて立ち上がろうとするが体を捉《とら》える腕《うで》は、それを許してくれない。諾否《だくひ》の選択《せんたく》は与えられていないのだと再認識《さいにんしき》し、これから何をされるのか恐ろしくなった。

「や……っ、い……ん、ひ、ぁ、っ」

音を立てて唾液を吸われ、舌を捕《と》らえられて嚙《か》まれる。先程《さきほど》までの嬲《なぶ》る素振《そぶ》りとは違《ちが》う性急な指が、背骨をなぞるように奥まった場所に這《は》う。

もうやめてほしいと理央の体を押しのけようとしたが、彼はびくともしなかった。

「高梨さんっ……、あ、ん、ん」

否定の言葉は、唇に吸い取られる。食べるように口を口で塞がれて、怯《おび》える体に腕が巻き付く。俺の白濁を纏《まと》った彼の指が、背骨の先にある穴に触れた。

嫌《いや》だ、汚《きたな》い、とまた涙が零れる。けれど理央の指は、体の内側へ入ってきた。

「ひ、う、あ……、や、……っ、ぅ」

指をぐうっと入れられて、慣れない感触《かんしょく》に驚き、つい彼の舌に歯を立てた。直《す》ぐに離《はな》したが、微《かす》かに舌が海の味を感じ取る。血だ、と恐《おそ》ろしくなった。彼を傷つけたと分かった瞬間体が震えたが、理央は唇を離さずに、舌を俺の舌に擦《なす》り付けてくる。

「……ぃ、ぁ」

その間も奥に埋《うず》められた指は動き、長くてごつごつした部分を飲み込まされる。粘膜《ねんまく》をざらりと撫《な》でられて、反射的に肉筒《にくづつ》が顫動《せんどう》した。自分では制御することはできない動きのせいで、

余計に指を締《し》め付けてしまう。長くて骨張った男らしい指で、穢《けが》れた場所に触れられていると思うと、身の置き場がない。どうしてそんな器官を暴かれるのか分からないまま、首を振《ふ》る。

「や……汚い、です」

漸《ようや》く解放された唇でやめてほしいと訴《うった》えると、涙《なみだ》を吸い取るように眦《まなじり》に唇が寄せられた。

「菱守さん、俺の触《さわ》って」

そう言われて視線を落とす。弛《ゆる》んだタオルを持ち上げるように、理央の熱が張り出していた。

「出さないと無理にでも入れたくなっちゃいそうだから、協力して」

頬《ほお》を唇で撫でられて視線を上げると、理央の瞳《ひとみ》にはもう怒《いか》りはなかった。蔑《さげす》みも、嫌悪《けんお》もない。そのことに僅《わず》かばかりの安堵《あんど》を覚えて、乞《こ》われた通りに彼の欲望《よくぼう》に指を伸《の》ばした。

「ん」

恐る恐る触れた瞬間、理央が鼻にかかった吐息《といき》を漏《も》らす。その声にぞくりとした。

酷《ひど》くはしたない行為だ。心も頭も付いていかない。なのに体は、理央の言葉に従って動く。

硬《かた》く張り詰《つ》めたそれは、雄々《おお》しかった。白いタオルの下から現れた濃《こ》い色の温かい欲望を、理央にされたように擦《こす》ると、内側に埋められた指が曲げられる。

「あっ、……あ、う……」

浅ましく喘《あえ》ぐと、腰を摑《つか》まれて引きよせられた。先程よりも触《ふ》れ合う面積が増える。

お互《たが》いの生殖器《せいしょく》がぶつかると、それだけで切なくなった。出したばかりなのに、もう我慢できなくなりそうだ。彼の指を包む場所も、じわりじわりと痺れてくる。

「一緒《いっしょ》に擦って」

優《やさ》しい声音《こわね》だが、有無《うむ》を言わさない雰囲気《ふんいき》に黙《だま》って頷《うなず》き、手を動かす。

すると内側に入り込む指を増やされた。指の腹で粘膜を優しく引っ掻《か》かれ、今まで知らなかった快感を教えられる。芯《しん》から疼《うず》くような熱が漸増《ぜんぞう》して、胸の奥に焦燥感《しょうそうかん》が芽生える。

「いや……です、それ、変に……、指は、抜いてくださ……っい」

ゆるく首を振って、縋《すが》るように理央を見る。彼は息を吐いた後で、色気を含んだ唇《くちびる》を歪《ゆが》めた。

「菱守さんって、こういうこと初めてなのに凄《すご》くいやらしいですね。普段《ふだん》ストイックな分、余計にくる。そんな顔されても、誘《さそ》ってるとしか思えない」

「ちが……っ、さそって、な、っ」

否定する唇を吸われる。舌を絡《から》められると、途端《とたん》に体の奥から力が抜けて、深く入り込まれてしまう。身を捩《よじ》れば、熱くなった欲望同士が手の中で強く擦れる。指示された通りに彼の物と一緒に生殖器を擦り上げていると、不意に弛んだ唇の端から唾液が零れた。

だらしない口元を拭《ぬぐ》おうとしたときに、そこを理央に舐められる。

「誘ってますよ。それにいやらしいことされるのが好きって顔してる」

好きじゃない。こんな風に、体の中に指を入れられて、ぐちゃぐちゃに掻き混ぜられて、舌を吸われて涎《よだれ》を垂らすほど自分がはしたなくなるなんて、知らなかった。

今だって恥《は》ずかしくて堪《たま》らない。許容量の限界値を超《こ》えて、感情が麻痺しているだけだ。

「こっちも、いじられて喜んでる」

ふっと笑った後で、理央は内側の指を拡《ひろ》げる。不随意《ふずいい》に締め付けてしまうと「入れられたこともないのに、欲しがってる」と彼が、指をくるりと回しながら笑う。

その声が低く掠《かす》れていたので、もしかしてまだ怒《おこ》ってるのではないかと怖《こわ》くなった。

「……嫌《きら》わないで、ください」

もう今更《いまさら》だ、と憂《うれ》いながらも哀願《あいがん》する。温和で優しかった理央にここまで無体を働かせるほど、追い詰めてしまった。忘れていた慚愧《ざんき》の念が急に沸《わ》き上がり、体に反して心が冷える。

もう一度「何でもしますから、嫌わないで」と告げると、急にきつく抱《だ》き締められた。

息も出来ないぐらい強い腕に戸惑《とまど》っていると、耳に唇を寄せた理央が囁くように言った。

「これが終わったらちゃんと告白するけど、俺、世宗のこと好きだよ」

◇◇◇

目が覚めたら、ベッドの上だった。

自分がどこに居るのか分からずに周囲を見回して、客室だと気づく。

置き時計は朝の七時を指していた。十時間以上記憶《きおく》が飛んでいる。ふと自分の体を見下ろすと、ゲスト用のバスローブを着ていた。母が旅行先で購入《こうにゅう》した薄手《うすで》のそれは、この部屋のチェストに入っていた物だ。自分で着た記憶はなく、狐《きつね》に摘《つ》まれた気分で目を擦る。

窓からは眩《まぶ》しい太陽が差し込んでいた。嵐《あらし》の後の晴天で、軽《かろ》やかに青い空が広がっている。

「一体、何が……?」

昨日のことが思い出せない。首を傾《かし》げながらベッドの横にあるスリッパに足を入れたとき、理央のことが頭を過《よ》ぎる。この部屋は彼に用意したはずなのに、姿が見えない。

顔を洗い、服を着替《きが》えるために部屋を出ると、台所の方で人の気配がした。

近づくと、昨日と同じ黒いシャツを着た理央が、フライパンを手にしている。

料理をする姿は滅多《めった》に見られない。珍《めずら》しい光景に見入っていると、不意に彼が振り向いた。

「おはよう。体は大丈夫《だいじょうぶ》？」

一体どうして彼が台所で料理をしているのだろうと、不思議に思いながらも頷く。

まだ寝惚《ねぼ》けた頭で考えていると「出来たところだから、座って待ってて」と指示された。

まるで自分の家のように振る舞《ま》っている彼に促《うなが》されるまま、ダイニングのテーブルに着く。

思い出そうとしても、昨日の記憶だけ霞《かすみ》がかっている。金曜日の夜に別荘《べっそう》に前乗りした辺りから順を追ってみたが、上手くいかない。因果が分からないうちに、目の前に皿が置かれた。

「食器とか、食材とか、勝手に使っちゃったけど良かった？」

「はい、それは構いませんが」

母が以前競《せ》り落とした絵皿に載《の》ったベーコンとスクランブルエッグの横には、ウィンナーとマスタード、スライスされたトマトも添《そ》えられていた。彼女が見たら卒倒《そっとう》するだろうが、俺にとっては絵皿より理央の料理の方に価値が有るので、それは一向に構わなかった。

「珈琲《コーヒー》は豆が見つからなくて、紅茶で良い？」

「ありがとうございます」

向かいに理央が座る。二人の間にはバスケットに入ったパンが置かれていたので、紅茶を飲んだ後でそれに手を伸ばす。千切って欠片《かけら》を口に入れた。香《こう》ばしい香《かお》りが鼻を掠める。

美味《うま》いはずだが頭の中に充満《じゅうまん》する疑問符《ぎもんふ》のせいで、味が分からない。これは白昼夢だろうかと思いながら、小さなパンを一つ食べ終えると、理央の方から昨日のことを切り出してくれた。

「昨日はいきなり気絶するから、驚いた」

「……気絶、ですか？」

ゴルフ場でボールが当たったのだろうか。痛みはないが、気絶したのならば記憶が途切《とぎ》れていることに納得《なっとく》ができる。しかしそれではどうしてここに彼がいるのか、説明がつかない。テーブルに肘《ひじ》を突き、唇に手を当てたまま雲を摑むような気分で記憶を手繰《たぐ》っていると、理央が「それで、今日はどうする？」と訊《き》いてきた。

「昨日は途中《とちゅう》で止《や》めちゃったから。ゴルフでも行く？　空いてたらだけど」

「すみません、昨日の記憶がかなり曖昧《あいまい》なのですが」

申し訳ない気持ちを押してそう口にすると、理央が「どこから覚えてないの？」と驚く。意外な反応に、何か不手際《ふてぎわ》があっただろうかと、ますます失われた記憶に興味を持った。

「ゴルフには行った気がしますが」

不意に彼が随分《ずいぶん》と俺に対して親しげな話し方をしていることに気づく。

「じゃあ俺が告白したのも忘れたの？　好きだって言ったの、覚えてない？」

面白《おもしろ》がっている様子で首を傾げた理央の言葉に、シナプスが幾《いく》つか爆死《ばくし》する。

「私が、ですか？」

しばらく、数分か数秒の間、唇に手を当てたまま固まった後で、問い返した。

「いや、俺が」

「高梨さんが？　誰《だれ》に？」

話がうまく嚙《か》み合わない俺を見て、理央は困ったように微笑《ほほえ》む。

「世宗が好きだから、付き合って欲しい」

先程《さきほど》よりもずっと分かり易《やす》く告げられた台詞《せりふ》に、意識が遠のきかける。

――このせいか。

昨日、気絶した原因が分かった。同時に、一気に記憶を取り戻《もど》し、ぶわっと顔が赤くなる。

体に彼の指が這《は》わされた。彼の手で精を吐《は》きだし、彼の物にも触れた。唇も重ねた。

真っ赤になったまま、混乱を極《きわ》めていると「体の関係が先になっちゃったけど、駄目《だめ》かな？」と、問い掛《か》けられる。三十秒、じっくりと意味を咀嚼《そしゃく》し、もう三十秒じっくりと考えた。

「これは私の妄想《もうそう》ですか？　もしくは、その、罰《ばつ》としてからかっているのでしょうか？」

この現実は、現実にしては現実味がなさすぎる。妄想でなければ、まだベッドで夢に沈《しず》んでいるのではないか。水槽《すいそう》の脳のように、五感から得た情報が現実ではない可能性が高い。

そう思って投げかけた問いに、彼が「そっちの方がいい？」と首を傾げた。

やわらかな朝日の中で、微笑む理央は目が眩《くら》むほど眩しくて、ますます現実味が薄《うす》れる。

「世宗？」

そもそも彼がそんなことを言う理由が分からなかった。しかし本当は夢でも構わない。

焦《こ》がれ続けた相手と恋仲《こいなか》になれるなら、夢でも妄想でも醒《さ》めるまで浸《ひた》っていたかった。

「夢でない方が……いえ、たとえ夢であっても、嬉《うれ》しいです」

そう口にしたとき、いつの間にか名前で呼ばれていることに気づき、心臓が止まり掛ける。名刺《めいし》交換《こうかん》をした際に名乗っているのだから、彼が名前を知っていても不思議ではないが、呼び捨てにされる日がくるとは思わなかった。録音機を持っていないことを、激しく後悔《こうかい》する。

「……それって、俺と付き合ってくれるってこと？」

反射的に頷く。知らぬ間に握《にぎ》りしめた銀色のスプーンの裏、湾曲《わんきょく》した食器に映った自分は、所在ない子供のようだ。幸運を摑んだのに頼《たよ》りなく不安げで、それを取り上げられる瞬間《しゅんかん》に怯《おび》えている。情けない顔から逃《のが》れるために食器を離《はな》すと、その手を向かいに座った彼に握られた。

あ、と心臓が跳《は》ね上がったときに理央が「良かった」と呟《つぶや》く。

「よろしく、お願いします」

また意識を手放しそうになりながら口にすると、彼が「俺の方こそよろしく」と微笑む。

やはりこれは夢だろうと思いながらも、どうしても心に引っかかることがあった。

「ですが……盗撮《とうさつ》をしようとしていたのに、どうして私と付き合えるのですか？」

純粋《じゅんすい》に一番理解できない質問から問い掛けると、理央は「あれは確かに腹が立ったんだけど、真っ赤になって震《ふる》えてる姿見たら、かわいいから全然許せた」とあっさりと答える。

悪事が露見《ろけん》した瞬間は、足下《あしもと》の大地が消えてなくなるほどの絶望感を覚えたのに、理央は何の蟠《わだかま》りも感じていないらしい。俺にとって都合が良い台詞が聞けるなんて、さすが夢だ。

「とりあえず、食事が終わったら散歩にでも行こうか。今日は良い天気だよ」

輝《かがや》く笑顔《えがお》に思わず吐息《といき》が漏《も》れて、感じた目眩《めまい》を振《ふ》り払《はら》うようにそっと瞼《まぶた》を閉じた。

しかし瞼を開いても、夢は消えて無くならなかった。

朝食後は身じたくを整えてから、理央に誘《さそ》われて散歩に出掛《でか》けた。昼食も一緒《いっしょ》にとり、午後は車で観光地を巡《めぐ》り、風景を眺《なが》めた。いや、眺めた筈《はず》だ。昼食も美味《おい》しかっただろうが、何も覚えていない。勿論《もちろん》、気絶していたわけではない。けれど全《すべ》てが夢見心地《ごこち》で、思い出そうとしても所々ぼやけている。随分長い夢だった。しかしその夢は理央が会社から呼び出された瞬間に終わる。

そのとき落胆《らくたん》どころか安堵《あんど》を覚えたのは、幸福すぎる夢に取り込まれそうで怖かったからだ。

「ごめんね、埋《う》め合わせは必ずするから」

「仕事なのですから、どうかお気に病《や》まないでください。今回はありがとうございました」

そんな台詞で理央を見送り、彼と別れて別荘の中に入った途端《とたん》、緊張《きんちょう》が弛《ゆる》んで膝《ひざ》を突《つ》いた。

放心状態から抜《ぬ》けて正常な思考力が戻ってきたのは、柳野の車で東京に戻る道中だった。

随分長いこと会っていなかった気がする運転席の男に「柳野」と声を掛ける。

「理央と付き合うことになったようなんだが……あれは現実だったのだろうか」

「世宗様、恐《おそ》れ入りますが、その話は本日七度目になります」

「そうか」

「はい」

窓の向こうには碓氷峠《うすいとうげ》が見える。この辺りはもうすぐ紅葉で美しい赤や黄色に染まるだろう。それは絵本の世界の如《ごと》く、まるで夢の世界と紛《まが》うほど綺麗《きれい》な光景だ。

「俺は死んだのか？」

夢でも絵本の中の出来事でもないなら、死後の世界に迷い込んだとしか思えない。

「私は、生きているようにお見受け致《いた》します。また僭越《せんえつ》ながら申し上げますと、先程から携帯《けいたい》電話《でんわ》が鳴っているようですが、宜《よろ》しいのでしょうか」

指摘《してき》されて初めて音に気づき、のろのろと荷物の中に手を差し込む。

社用と私用の両方持っているが、社用の方はこの週末一度も確認《かくにん》していない。仕事柄《しごとがら》緊急《きんきゅう》の連絡《れんらく》が入ることは多いが、完全に放置していた。出ると、部長からだった。

『捕《つか》まって良かった。入札の件で、昨日から連絡していたんだが』

「確認が遅《おく》れて申し訳有りませんでした。要事があったものですから」

『何の用事でもいいが、この仕事には君のキャリアもかかってるんだぞ』

商社には入札代行の仕事も含《ふく》まれる。先日、フェノスカンジアで白金族鉱床《こうしょう》が発見されたことで、この地域の掘削《くっさく》の権利に関する入札代行を探鉱会社から依頼《いらい》されていた。確かに大事な仕事だが、価格を決めるのは探鉱会社であり、労力は使うが、頭を使うようなものではない。

「以後気を付けます」

部長から仕事の指示を受けて、通話を終える。現実的な話をしたことで、幾分《いくぶん》落ち着く。

携帯を仕舞《しま》ってからもう一台も確認しておこうと画面を表示させると、メールが来ていた。

何気なく開くと、それは彼からのメールだった。

「柳野！　柳野！　柳野！　理央からメールが届いた！　夢がまだ続いているようなんだが！」

「世宗様、世宗様、世宗様、どうか落ち着いてください。恋人《こいびと》になられたのですから、メールが送られてくるのは何の不思議もありません」

しかしどうして理央が俺の私用のアドレスを、と頭を巡《めぐ》らせて別れるときに交換《こうかん》した記憶《きおく》が朧気《おぼろげ》に浮《う》かび上がる。何せ恐慌《きょうこう》状態だったので、全てが曖昧がかっている。

「来週の水曜日に食事でもどうかという誘いを受けた。着信が二時間近く前だから、可及的速《かきゅうてきすみ》やかに返信を打たなければならないが、どう返せばいいか分かるか？」

「世宗様がいつもされているように、ご返答差し上げたら如何《いかが》でしょうか」

「いつも……？　仕事中で使う文言でいいのか？　それとも二時間も無視したことを謝罪すべきなのか？　というより、何故《なぜ》理央が恋人になってくれたのか、問いつめるべきか？」

呟きながらも、謝罪と仕事の具合を訊《たず》ねる文章を打つ。

メールは電話よりも誤解を招きやすいので、失礼がないようにと慎重《しんちょう》に文言を選ぶ。メールで告白の真意を直接的に訊ねることはできない。かなり婉曲《えんきょく》な表現を模索《もさく》して文字を打っていると、柳野が「差し出がましいようですが」と運転席から口を挟《はさ》んだ。

「なんだ？」

「手紙が80円切手の範疇《はんちゅう》を超《こ》えた際にも申し上げましたが、長文は受取手の負担になります。

特にメールは多くて400字程度が一般的《いっぱん》でしょう。スクロールバーは、どうぞ長いままに」

柳野の位置から画面は確認できない。しかし助言は、まるで覗《のぞ》き見ているように的確だった。

「メールはテニスと同じです。ラリーを続けたいならば、返球しやすいボールを心掛《こころが》けましょう。また、相手が返球しないうちに何球も打ち込むのは、ルール違反《いはん》です」

「そうか……理屈《りくつ》は分かったが、今回のメールではどういう文面がいいんだ？」

「〝返信遅れてごめんね。理央のこと考えててメールに気づけなかった・汗《あせあせ》。週末は一緒にいられてすごく幸せだったよ・心臓《はあと》。デートのお誘いもとっても嬉しい！　理央の好きなお店に行きたいな！　別れたばかりだけど、もう会いたいよ・涙《うるうる》〟というのは如何でしょうか」

「ありがとう柳野。ただその文章だとブレーンの存在が露見しそうなのだが、大丈夫《だいじょうぶ》だろうか」

「高梨様はまだ世宗様の性質を摑《つか》み切れていませんから、問題はないかと存じますが」

「だが、それでは今後もその文調を貫《つらぬ》き通さなければならないだろう？　だから助言を参考にした上で、表現を成人男性として許容できる範囲《はんい》に変えてみる。一人では長文のビジネスメールを送るところだったから、止めてくれて感謝している」

「お役に立てて何よりです」

堅《かた》い文章を消して、再び打ち込む。送信するとすぐに返信が来る。本文はたった一行だった。

『俺も早く会いたい』

「っ」

気を失い掛《か》けて後部座席に倒《たお》れ込む。「付き合う」というのが理央の嘘《うそ》や悪ふざけ、同情であったとしてもこのメールがあれば、この先も生きていけると思えた。

迷わず送られてきたメールを全て保存する。万が一、携帯電話を紛失《ふんしつ》したときのために、すぐに持っている他《ほか》のアドレスにも転送しておいた。帰宅したらバックアップも取るつもりだ。

「以前は、何百通手紙を送っても、一度も返事は返ってこなかったが」

「それは、世宗様が差出人の所に記名されなかったからではないでしょうか」

「書いたら、返事を期待してしまう。それに男から手紙が毎日送られてきても、理央は嬉しくはないだろう。女性と誤解して貰《もら》っていたほうが、読んで貰える確率は高い」

尤《もっと》も、仮に女性だと思われていたとしても、読まれていた可能性は低いだろう。

手紙を一方的に送りつける行為《こうい》も迷惑《めいわく》行為だと後で知り、途中《とちゅう》で止《や》めてしまった。

「柳野、メールは毎日送ってもいいものなのだろうか？」

「交際されているのですから構わないでしょうが、高梨様はお忙《いそが》しい方のようですので、数日返信がなくてもお気を落としませんように」

釘《くぎ》を刺《さ》す柳野の言葉に頷《うなず》き、画面を眺める。返信する必要がない内容だ。できればもっとメールでの交流を持ちたいが、しつこいと思われるのが嫌《いや》で、欲求《よっきゅう》を抑《おさ》えて携帯を仕舞う。

だけどすぐに見たくなり、もう一度取り出して画面を眺める。手に入る筈のない物が手に入った。その実感は未《いま》だに湧《わ》かないけれど、文字を見ているだけで温かな気分になる。

「付き合う以上、絶対に過去の所業はばれないようにしないといけないな」

幸運にも手に入ったこの関係を続けるためなら、どんな努力もできる気がした。

理央と付き合うことになった翌日、寝《ね》たら夢が覚めてしまうのではないかと、一睡《いっすい》もせずに出社した。


「お前に渡《わた》す金はない」

◇◇◇

休日の間に溜《た》まっていた仕事を片付け、それがようやく落ち着いた頃《ころ》に、受付から匿名《とくめい》で客が来ていると連絡を貰った。そんなことがある筈はないが、もしかして理央かもしれないと胸をざわめかせながらわざわざロビーまで降りてみれば、従兄弟《いとこ》の実豊がいた。

相変わらず頭の出来に見合った格好をした従兄弟は、早速《さっそく》とばかりに金の無心をしてくる。

「お前って、俺の方が年上だろ？　大体、出会い頭《がしら》になんだよ、相変わらず性格悪いなぁ」

理央かもしれないと思っていた分、落胆が激しく、戯《ざ》れ言《ごと》に付き合う気にはならなかった。

「年齢《ねんれい》が上というだけでお前のような奴《やつ》を敬うほど、海容な人間じゃないんだ」

実豊に対して抱《いだ》く嫌悪感《けんおかん》の源泉は子供時代に遡《さかのぼ》る。元々は、この男が父の次の当主になる予定だった。それが俺の誕生で狂《くる》い、叔父夫婦《おじふうふ》は陰《かげ》で随分《ずいぶん》と息子《むすこ》に呪詛《じゅそ》を聞かせたらしい。そのため実豊にとって俺は虐《いじ》めの標的だった。幼い頃は母の庇護《ひご》もあったが、六歳以降は「障壁《しょうへき》は自分で越える必要がある」という父の教育方針の下、黙認《もくにん》された。結果、実豊に従う他の親戚《しんせき》の子供らからもいやがらせを受けたが、それが理央との出会いに繋《つな》がるのだから、恨《うら》みはない。

「頼《たの》むよ、このままじゃ会社がとられちゃうんだよ。数百万なんて端金《はしたがね》だろ？」

他の社員が出入りする会社のロビーで、へらへらと浮薄《ふはく》な顔で金の工面を頼まれる。約束もなく現れたこの男を、断れなかった受付嬢《じょう》に非はない。現ＣＥＯの身内では、無下にはできないだろう。しかし口止めを真に受けて匿名にしたのは問題がある。

二度と同じことがないように彼女達を管轄《かんかつ》する総務に指示しておこうと、実豊を無視してオフィスに戻ろうとすると、慌《あわ》てたように追い縋《すが》ってきた。

「見捨てる気かよっ。そんなんだから、ガキの頃から虐められるんだ」

実豊の言葉に笑いが漏《も》れる。当時自分達が俺を数人がかりで虐めていたことは覚えているようだ。それでも巧言令色《こうげんれいしょく》に金の無心に来る実豊に呆《あき》れ「相変わらず惨《みじ》めな奴だ」と吐《は》き捨てる。

「何とでも好きなように喚《わめ》け。能力の劣《おと》る人間に罵倒《ばとう》されて、死に金をばらまく趣味《しゅみ》はない。二度とここには来るな。お前の噂《うわさ》は父から聞いた。随分とまずい所に手をだしたらしいな」

柳野の車の中で、理央の写真を眺《なが》める貴重な時間を父の電話で奪《うば》われたことを思い出し、あのときの不愉快《ふゆかい》な気持ちが蘇《よみがえ》る。菱守は実豊と縁切《えんき》りをすると決めた。叔父だけが強固に反対しているので、今後一族の人間と関《かか》わらないことを条件に尻拭《しりぬぐ》いをするかもしれないが、それは当主や次期当主が決めることだ。俺は、結果を聞くだけで関わるつもりはない。

「知ってんのかよ、じゃあ尚更《なおさら》さ、助けろよ。なぁ、本当にやばいんだよ、分かるだろ？」

「憐《あわ》れみはするが、施《ほどこ》しを与《あた》える気はない。放恣《ほうし》のつけだ。無様に落ちろ」

そう告げて今度こそ踵《きびす》を返す。実豊は何か叫《さけ》んでいたが、警備の人間が慌ててそちらに向かうのを後目に、エレベータホールに向かう。総務には後で内線を入れればいいと思っていると、社用の携帯が着信に震《ふる》える。表示は〝高梨製作所〟だった。途端《とたん》に体が熱くなる。

先程《さきほど》まで緩《ゆる》やかだった心拍数《しんぱくすう》が一気に上昇《じょうしょう》していく。心の準備はできていないが、彼を待たせるわけにはいかないので、じっとりと汗ばんだ指先で慌てて通話に切り替《か》えた。

「あ、も、もしもし……？」

無様に声が上擦《うわず》る。理央は仕事でかけてきたらしく、電話は社交辞令的な挨拶《あいさつ》から始まった。

必死に平静を取り繕《つくろ》おうとしたが、胸は高鳴るばかりだ。何とか一通り業務上の会話を済ませると、彼が「屋外ですか？　声がずいぶん反響《はんきょう》しているようですが」と聞いてきた。

「い、え……その、エレベータの中で、す」

片想《かたおも》いの時は上手《うま》くできた会話が、たどたどしくなる。

『お一人ですか？』

「は、い。あの、一人です」

『昨日はいきなり帰ってすみませんでした』

「い、え、あ、おれ、わたしの、方こそ……その、色々と、申し訳なく思っています」

ぎこちなく謝ると、理央が電話の向こうで笑ったのが分かる。

『俺、でいいよ。緊張《きんちょう》してる？』

「いえ、その、緊張はしていますが、それよりも、どう話せば良いのか分からないのです」

夢がまだ続いていることに安堵《あんど》し、つっかえながら言葉を続ける。

『世宗の楽な喋《しゃべ》り方でいいよ』

「そうですか、……では、その、今まで通りの話し方でも宜《よろ》しいでしょうか」

いざ敬語を使うと決めたら、先程よりも随分スムーズに言葉を紡《つむ》げた。

『うん。それで今度の話なんだけど、実は水曜日は仕事が入っちゃって、それで空いてるのが今日か、来週ぐらいしかないんだけど、どうする？』

「高梨さんの良いようになさってください。私はどちらでも構いません」

『じゃあ、今日でも構いませんか？　店はこっちで予約しておきます』

「はい。十時以降になってしまいますが、それでも宜しければ」

理央が一瞬沈黙《いっしゅんちんもく》したので、遅《おそ》すぎるだろうかと懸念《けねん》したが、その時間で決まる。

急に会えることになり、色々と段取りを考えていると、電話を切るときに理央が、殊更優《ことさらやさ》しい声で「じゃあ、仕事頑張《がんば》って」と励《はげ》ましてくれた。天にも昇《のぼ》りそうな気分で「はい」と頷く。

——こんな風に話ができるなんて夢みたいだ。夢でも幻《まぼろし》でも永遠に醒《さ》めないで欲しい。

オフに切り替わった画面を見つめて熱い息を吐き出す。

電話を通して彼の声を耳にしているだけで赤くなった頬《ほお》は、なかなか元には戻《もど》らなかった。

冷たい水で顔を洗ってからオフィスに戻ったが、異変を察知した同僚《どうりょう》に「なんかあったのか？」と聞かれる。反対側からも「週末以来、変だぞ。常にそわそわしてるし」と指摘《してき》された。

「恋人《こいびと》が出来たので」

相手の素性《すじょう》も話すつもりはないが、隠《かく》す必要はないので正直に吐露《とろ》する。誰《だれ》かに言ってみたかったという気持ちも、少なからずあった。言葉にすればするほど、真実味を増す気がした。

　すると同僚は目を瞠《みは》り「え、紙コップの彼女とはつきあってなかったの⁉」と口にする。

　それに「はい」と答えると、周囲の女性達から物言いたげな視線を貰ったが、無視した。

　何か一つの質問に答えれば、彼女たちが満足するまで掘《ほ》り下げられるということは分かっていたので、顔を上げずにひたすら手持ちの仕事を片付ける。今日は絶対に残業をしたくない。

「……いや、でも、そんな相手と付き合っても長く続かないと思うけど」

　その不吉《ふきつ》な一言に頭ではなく体が動き、思わず同僚を睨《にら》み付けた。

　俺より数年先に生まれた同僚は、身を竦《すく》ませながらも「だってゴミ売りつけるなんて最悪じゃん。育ちが悪いんじゃないか？　きっと身内も金にがめついぞ」と、酷《ひど》い台詞《せりふ》を口にした。

　結美や俺のことはどんな風に言っても構わないが、家族を馬鹿《ばか》にするのは看過できない。

「参考にならない助言をどうもありがとうございます」

「⁉　ひでぇ！　お前、何様だよ！」

「仕事に関係ない話をしたいのでしたら、時間を持て余している方を探してください」

　切り捨てるように告げると、同僚達が「あいつが女に騙《だま》されても、二度と同情しない！」

「むしろ騙されろ」と呪《のろ》いをかけて離《はな》れていく。そんな彼らを無視して黙々《もくもく》と仕事を片付けたお陰か、余裕《よゆう》を持って定時を迎《むか》える。これなら一度家に帰って、身支度《みじたく》を整えられそうだ。

「あ、菱守さん、さっきSSS社から問い合わせがあって。伝え忘れていてすみません」

　営業補助の女性の言葉に「問い合わせは気のせいでしょう」と告げる。

「き、気のせいじゃないです。ジスプロシウムに関するお問い合わせでした」

本気で帰るつもりだったが、慌てて走り寄ってきた彼女に、溜め息を吐いてメモを受け取る。

メモには担当者名と問い合わせ内容と受信時間が記述されていた。それによると電話を受けたのは三時間ほど前だ。もっと早く伝えられていたら、残業にはならなかったはずだ。

「分かりました。確認《かくにん》します」

渋々《しぶしぶ》デスクに戻ると、女性は安堵の表情を浮《う》かべて、自分の席に帰っていった。

面倒《めんどう》な発注だったのでかなり時間がかかり、気づけば随分と遅い時間になっていた。万が一業務が終わらなかったときのために余裕を持って、待ち合わせ時間を決めておいて良かった。

しかし今度こそ帰ろうと立ち上がると、次は部長に声を掛《か》けられる。

「菱守くん！　西方さんと打ち合わせを兼《か》ねて飲むんだが、君も……いかないね、その顔は」

先程の数倍は不機嫌《ふきげん》な視線を向けると、部長の言葉がどんどん小さくなっていく。

「すみませんが、予定が入っているので先に失礼致《いた》します」

黙礼《もくれい》してオフィスを出る。理央と会えるのは楽しみではあるが、同時に酷く緊張した。

何の話をしたらいいか、何を食べたらいいか、どう振《ふ》る舞《ま》えばいいか、考えれば考えるほど不安と期待が膨《ふく》らむ。柳野に相談したいが、生憎《あいにく》ここ数日は母と祖母のお供に出ている。

普段《ふだん》なら理央と会えると決まれば、会話や行動をシミュレーションするのが常だが、それもままならない。考えても考えても、理央の反応が予想できずに上手く道筋を立てられないのだ。

何も考えがまとまらないまま、待ち合わせ場所に指定された駅前に向かう。

ふと、ビルの黒い側面に映る自分の格好に視線を這《は》わせる。無駄《むだ》のないシルエットの細身のスーツは、仕事用としては良いがくつろいだ雰囲気《ふんいき》はない。かといって家に揃《そろ》えてある私服のどれを着たらいいかも、分からなかった。それに仕事が押したせいで服を吟味《ぎんみ》する余裕もない。やはりいきなり準備もなく今日会うことに決めたのは、間違《まちが》いだっただろうかと悩《なや》んでいると、その側面に見知った従兄弟《いとこ》の顔が映った気がして、背後を振り返った。

しかしそこには誰もいない。神経質になっているのかもしれないと自嘲《じちょう》し、駅への道を急ぐ。まだ早かったが、遅刻《ちこく》するよりはましだと約束の場所に向かうと、理央は既《すで》にそこにいた。

人混《ひとご》みの中でも、彼の姿はすぐに見分けがつく。バランスの取れた見栄《みば》えの良い体に、優しげな整った顔立ちはとても目立つ。今日は作業着ではなく、私服姿だった。

遠くから眺めることには慣れていたはずだが、付き合っているのだと思うと、見ているだけで様々な感情が押し寄せてくる。好きで追い掛け続けた人が、自分と会うためにわざわざ会社の近くまで来てくれただけでなく、約束よりも早く待ち合わせ場所にいるなんて、奇跡《きせき》みたいだ。

人通りの邪魔《じゃま》になっているのは分かっていたが、しばらくその場から動けなかった。

彼が気づかなければずっとそうしていたかもしれない。

理央はその瞳《ひとみ》に俺を映すと、柔《やわ》らかく微笑《ほほえ》んで近づいてくる。

「お疲《つか》れさま」

「はい。お疲れ様です」と返せば、「いきなり予定変更《へんこう》して大丈夫《だいじょうぶ》だった?」と訊《き》かれた。

気を抜《ぬ》くとすぐに顔が赤くなりそうで、彼の方をろくに見ずに頷《うなず》く。目を合わせれば見惚《みと》れて、ますます会話ができなくなる。この人が俺の恋人だなんて、未《いま》だに実感が湧《わ》かない。

「じゃあ、行こうか」

促《うなが》されて改札を通り抜け、普段は乗らない路線のホームに向かう。電車を待っていると理央が、沈黙《ちんもく》を埋《う》めるように「今って、仕事忙《いそが》しいの？」と問い掛けてくる。

「そうでもありません。年末は、また忙しくなると思いますが。高梨さんは如何《いかが》ですか？」

「急な仕事が幾《いく》つか入ったから、ちょっと忙しいかな。後は、先方の開発が遅《おく》れていて予定が摑《つか》めない案件があって、どっちかって言うとそっちが懸念材料かな」

「どういった仕事ですか？」

理央が無言で空を指す。その仕草で宇宙開発関係か、と納得《なっとく》した。

どこの国のプロジェクトかは知らないが、規模が大きいから先方も慎重《しんちょう》に慎重を重ねているのだろうと思い、彼の指先を見つめていたときに背後から人に押されて蹌踉《よろ》ける。

そう言えば〝指が月をさすとき愚者《ぐしゃ》は指を見る〟とは誰の言葉だったか。

「大丈夫？」

理央の指先に見蕩《みと》れて人にぶつかった愚《おろ》か者は正しく俺だと呆《あき》れながら、会って早々の失態を恥《は》ずかしく思い、慌《あわ》てて電車に乗り込んだ。家路を急ぐ人達が大量に乗車して来る。

壁際《かべぎわ》に追いやられたときに、彼は俺を守るように乗客との間に立った。その気遣《きづか》いを嬉《うれ》しくも気恥《きは》ずかしく感じた。すぐ傍《そば》にある彼の存在に、こんな場所だというのに心が浮き立つ。

出来る限り触《ふ》れないようにしたが、上手くいかない。以前にも、こうして満員電車の中で彼の体に触れたことを思い出した。あの時と違《ちが》うのは、もう俺は彼の服の下に隠された肌《はだ》を知っているということだ。こんな風に密着していると、軽井沢でのことを想起してしまう。

できる限り考えないようにしていたが、吐息《といき》すら感じられる距離《きょり》にいたら、どうしても不埒《ふらち》な情景が蘇《よみがえ》ってくる。何とか彼にだけは自分のはしたない頭の中に気づかれないように俯《うつむ》いていたが、駅を出た所で「もしかして、いっぱいいっぱいだったりする？」と指摘された。

「感情の触れ幅《はば》の安全域なら、とっくに超《こ》えています」

誤魔化《ごまか》そうとも考えたが、顔を赤く染めて視線も合わせられない状態では、無理だ。

「それ聞いて安心した。またなかったことにされてるのかと思った」

茶化《ちゃか》すような台詞に、黙《だま》って首を横に振る。あんな印象的なことを忘れられるはずがない。

「どんな風に接したらいいのか、分からないのです。もし不快な思いをさせてしまったら申し訳ありません。それは私の意図する所ではありません」

「普通《ふつう》に、接してくれたらいいんだけど。最初は、まぁ男友達みたいな感覚で」

私立に通っていた頃《ころ》は、勉強や将来の展望を語る相手はいたが、特別親しい友人はいなかった。勿論《もちろん》、横の繋《つな》がりは大切だ。それを級友達も分かっていたから、将来自分たちが社会で台頭したときのために表面上は揉《も》め事《ごと》もなく、緩《ゆる》やかな関係を築いていた。特に俺は「菱守」の名前で畏怖《いふ》混じりの敬遠《けいえん》と共に、遠巻きにされていた。しかしそれを寂《さび》しいとは感じなかった。

「じゃあ部活仲間とか？　この間、見たときに結構筋肉ついてたけど、何やってたの？」

黙り込んでいると、理央に上手《うま》く築けなかった人間関係を悟《さと》られ、助け船を出された。

けれどその台詞に、先日裸《はだか》を見せてしまったことを思い出し、ますます顔が上げられなくなる。

「サッカー部でした」

「そうなの？　俺もサッカーしてたよ」

知っている。だから公立高校に入学してすぐに入部した。OB訪問を期待して、部活には真面目《まじめ》に取り組んだ。もし訪問があった際に、部長の方が平の部員よりも話す機会は多いだろうと、一年時から人心掌握《しょうあく》のための努力も欠かさなかった。しかし結果的に部長にはなれたがOB訪問はなかった。人一倍の努力と研究の賜《たまもの》で、同学年のチームメイトからは監督《かんとく》と同等の扱《あつか》いを受けた。それが伝播《でんぱ》して、部活外の級友達からも「監督」と仇名《あだな》で呼ばれた。

三親等以内の身内に公立高校に進学した者のいない父親が、寄付金として多額の金を寄付したので、教師からも似たような扱いで、周囲からは私立の頃《ころ》と変わらず遠巻きにされていた。

「じゃあ、もしかして選手権で栗橋《くりはし》に勝ったのって、世宗の世代？」

「私が三年の頃です」

「すごいな。俺、最後の選手権で栗橋に負けて、敗退したんだよ」

知っている。だから栗橋は徹底《てってい》的に潰《つぶ》した。選手権だけではなくインハイでも記録的な点差を付けた。マネージャーがスコアを見て「アメフトみたい」と、口にしたことを覚えている。

「未《いま》だに、PKで入れられたのを思い出すよ。あれがなかったらな、って何度も悔《く》やんだ」

「あの状況下での失点は、ゴールキーパーの過失ではありません」

「良く知ってるね」

驚《おど》いた理央の声に、「いえ、過去の試合映像は何度も研究したので」と慌《あわ》てて言い訳をする。

「世宗のポジションは司令塔《しれいとう》？」

理央は俺が彼の存在を知っていたことを不自然には感じなかったようだ。

ほっと胸を撫《な》で下ろして、これ以上失言しないためにも慎重に答えを選ぶ。

「はい。スイーパーでした。何故《なぜ》分かったんですか？」

「他人に指示されて動くよりも、指示する方が似合いそうだから」

「それは……高圧的という……こと、ですか？」

年上の同僚《どうりよう》達から「何様だよ」「生意気だ」と言われたことを思い出し、急に不安になる。

有象無象《うぞうむぞう》にどう思われようと一向に構わないが、理央にだけは嫌《きら》われたくない。

「そういうんじゃなくて。なんか、上に立ってる姿が似合うっていうか」

歯切れの悪い否定に「気を付けます」と自戒《じかい》して、過去の言動を振り返る。

子供の頃から傍にいた指標とすべき親族の男性達は、悉《ことごと》く居丈高《いたけだか》な人間ばかりだったので、知らず知らずに模倣《もほう》していたのかもしれない。理央に対しては気持ちを隠《かく》すことに傾注《けいちゅう》して、素っ気なく振る舞っている自覚があったが、本人から指摘《してき》されるほどとは思わなかった。

「そのままでいいと思うよ。いっぱいいっぱいになってるときとの落差が面白《おもしろ》いし。一生懸命《いっしょうけんめい》つっかえながら話してるのも、かわいいし」

ようやく治まりはじめていた顔の赤みが再発して困っていると、彼に電車を降りるよう、促《うなが》された。案内された店は数年前から理央がよく利用している大衆店だった。

駅前のメインの通りから一本入り、さらにその奥まった路地の突き当《つ》たりに居を構えている。

外観は貧相だが、彼が常連になっているこの店に来るのは夢の一つだった。必要以上に彼に接近しないということが、ストーキングのルールの一つだった。理央と同じマンションに暮らし、取引先となったことでルールに違反《いはん》したので、他《ほか》ではあまり接近しないように心掛《こころが》けていた。

「素敵《すてき》な店ですね」

店内に足を踏《ふ》み入れた後で、万感《ばんかん》の思いでそう口にすると、店主も理央も怪訝《けげん》な顔をする。

「いや、まぁ、うちはそんな大した店じゃないけど、喜んで貰《もら》えたみたいで、よかったよ」

戸惑《とまど》い気味に店主が笑う。早速《さっそく》席に着いた後で、理央が注文するのを聞いて「同じ物を」と告げる。いち早く出てきたビールを手にすると「お疲れ様」と理央がジョッキを差し出した。

乾杯《かんぱい》した瞬間《しゅんかん》、ジョッキ同士が立てた音を一生忘れないでいようと決める。

料理は調査員が絶賛したように美味《うま》かった。店主も雑談に加わったことで、理央との会話にも詰《つ》まることはなかった。食事を終えたときは、何の失態も犯《おか》さなかったことにほっとする。

しかし彼が店を出た後で「じゃあ、家まで送るよ」と言ったときは、焦《あせ》った。

「家、ですか？」

万が一にも鉢合《はちあ》わせしないために、必要な物は柳野に持ち出させて、昨日からホテル暮らしをしていた。彼の生活音を聞く生活を手放す決心はついていないので、まだ理央の家を挟《はさ》む形で確保してある部屋は、どちらも解約するつもりはない。しかしそちらには絶対に呼べない。

「折角《せっかく》ですが特に酔《よ》っているわけでもありませんので、何の問題もなく、一人で帰れます」

「もう少し一緒《いっしょ》にいたいから、送らせて」

そう言って貰えるのは恐悦至極《きょうえつしごく》ではあるが、自宅の住所を知られたら間違《まちが》いなく捨てられる。

「でしたら、俺が高梨さんの家まで送ります」

「いや、それは悪いし」

「何故でしょうか？　私も男なので、付き合っている相手を送るのは、自然だと思いますが」

「あー……うん、じゃあ、汚《きたな》いけど折角だから少し寄っていって」

とうとうあの部屋に恋人《こいびと》として入れると思うと、途端《とたん》に動悸《どうき》と目眩《めまい》が襲《おそ》ってくる。好きだと告げられたときは気絶したが、このままでは部屋に入った瞬間、脳が爆発《ばくはつ》しかねない。

「――少しというのは部屋の中に入る、ということでしょうか」

しかし期待した末、玄関《げんかん》で帰されたらその絶望は計り知れないので、念のために確認《かくにん》する。

「駄目《だめ》かな？　今日は、何もしないから」

心配しているのはそこではないが、確かに何もされない方が助かる。性的行為《こうい》ができるほど、まだ状況《じょうきょう》に順応できていない。再び触れられたら爆発するのは脳に留《とど》まらないだろう。

「お邪魔《じゃま》させて頂きます。手土産《てみやげ》を用意したいので、一時間後でも宜《よろ》しいでしょうか」

けれど何もされないなら彼の家に行くのは、考えただけで心が躍《おど》るような出来事だった。

「いや、いらないから。何もないけど、お茶ぐらいは出せるし」

俺の反応が意外だったのか、慌てたように理央がそう口にする。

「高梨さんの家に行くのに、空手というわけにはいきません」

「一人暮らしだし、付き合ってるんだから気にしないで」

〝付き合ってる〟という台詞《せりふ》に、幸福感が膨《ふく》れあがる。このまま死んでもいいとすら思った。

カメラが見つかったときは、こんな未来が待っているとは予想できなかった。

「じゃあ、行こうか」

向けられた笑顔《えがお》に溶《と》けそうになりながら、蜜《みつ》に引かれる蜂《はち》のように彼の後ろを付いて歩く。

人混《ひとご》みを歩く理央は、注がれている視線には気づかない。だから安心して見ていられた。

人は、何かに興味を向けているときは、鈍感《どんかん》になるものだ。

特に、他人の視線という音も匂《にお》いもないものに関しては、気づくことができない。

それは理央も俺も同じだった。

◇◇◇

残業の最中に終業間近の社食で食事を取っていると、休憩《きゅうけい》にきた同僚と顔を合わせた。

厨房《ちゅうぼう》は俺が最後で閉《し》めてしまったが、食堂は終日開放されている。

もう少し時間が経《た》てばここも夜食をとる社員で賑《にぎ》わうだろうが、今は俺達以外に人はいない。

「仕事も私生活も順風満帆《じゅんぷうまんぱん》で羨《うらや》ましいなぁ、菱守」

「いいよな、お前の人生は、カードが配られた瞬間からロイヤルストレートフラッシュみたいなもんだしな。俺らみたいな庶民《しょみん》とは、始まりからして違《ちが》うもんな」

早速絡《から》んで来たので「ええ。そうですね」と認めると、二人が鼻白む。嫌いなら近づいてこなければいいのに、わざわざ近寄ってきてはやり返されて不満を募《つの》らせるなんて理解に苦しむ。

「ふん、相変わらず生意気だな。恋人に金蔓扱《かねづるあつか》いされてるくせによ」

「そうだそうだ。どうせまだ紙カップやらタオルやら集めてんだろ。気持ち悪いなぁ」

「そうですね、すぐに振《ふ》られると思うので、今のうちに集めておこうと思います」

「え？　付き合ったばっかりだよな？　何やったの？　お前」

意地悪な顔を興味津々《きょうみしんしん》に歪《ゆが》めた同僚に、「何も。ただ、相手を繋《つな》ぎ止める魅力《みりょく》がないので。夢が醒めるようにきっとすぐ終わります」と口にすると、二人は困惑《こんわく》気味に顔を見合わせる。

洞窟《どうくつ》の奥で発見した未知の生物に、敵意も害もないと分かり、対処に困っているような顔で「なんだろう、それは、なんでだろう」と、一転して優《やさ》しく聞いてくる。

先週、居酒屋の帰りに理央の家に行った。理央は約束通り、俺には触《ふ》れなかった。

充分《じゅうぶん》なシミュレーションをしていないせいで、時々言葉に詰まる俺を気遣《きづか》うように、彼は話題を提供してくれていたけれど、自分が面白い話が出来たとは思えない。仕事の話なら彼の興味を引けるだろうが、付き合っている二人がする話としては相応《ふさわ》しくない。そんなことを際限なく考えていると、徹夜《てつや》していることもあって段々と瞼《まぶた》が下がってきた。

それを見た理央は泊《と》まってもいいと申し出てくれたが、俺は大袈裟《おおげさ》なほど固辞してしまった。

彼の部屋で横になっても眠《ねむ》れないと分かっていたからだ。「泊まる？」という質問だけで許容量を超《こ》えてしまい、部屋を逃《に》げ出した。あの反応は自分でも最悪だと反省している。

「褒《ほ》めたくないけど、お前って結構見た目いいよ？　社長令息で、すごく認めたくないけど仕事もできるし、大嫌《だいきら》いだけど魅力はあると思う。少なくとも女にはもてるだろ？」

「大体、繋ぎ止めるなんて、金とお前のその体で充分《じゅうぶん》だろ」

「体……？　考えただけで気絶しそうです」

「ハルトン社との契約《けいやく》を纏《まと》める方が気絶するわ！　角青社押しのけて仕事とってきたこともあったよな？　それができて、なんで恋人を繋ぎ止めることができないとか言ってんだよ」

金と体を繋ぎ止める際に提示したら、ただでさえ儚《はかな》い夢が胡蝶《こちょう》に化けて飛び去ってしまう。理央は恐《おそ》らく、そんな浅ましい発想の人間を嫌うに違いない。軽井沢の浴室で見た彼の怒《いか》りを籠《こ》めた瞳《ひとみ》を思い出すだけで、金縛《かなしば》りのように体が動かなくなる。

「ハルトン社の社長に嫌われようが、部長に嫌われようが私の人生には何の影響《えいきょう》もありませんが、恋人に嫌われたら生きる意味がなくなります。嫌われるぐらいならその前に死にたい」

「重い！　オスミウムやラジウムよりも重い！　大体部長に嫌われた方が影響あるだろ⁉」

仕事や取引先はいくらでも替《か》えが利《き》く。しかし理央だけは唯一無二《ゆいいつむに》だ。

「そもそも体を使うことを考えただけで気絶するって、もしかして……あれか？　未使用か」

「菱守が新品とかないだろ。そっちじゃなくて短小とか包茎《ほうけい》的な欠点があるんじゃないか？」

「この反応はそうだって。そうなんだろ？　菱守。お前、女と経験ないんだろ？」

「確かにありません。それに身体的な事に関しては、あまり下品な話はしたくありません」

途端に二人が憐憫《れんびん》の籠もった眼差《まなざ》しで俺を見つめ、労《ねぎら》うように肩《かた》に触れてくる。

先日からこの反応をされるが、同僚《どうりょう》とは親しい関係ではないので、無遠慮《ぶえんりょ》に触れられるのは愉快《ゆかい》なことではない。そもそも接触《せっしょく》によるコミュニケーションは日本に根付いてない筈《はず》だ。

「この間から俺、お前のこと好きになったり嫌《きら》いになったり忙《いそが》しい」

「親近感湧《わ》いたり、敵意湧いたり、すごい揺《ゆ》れる。恋《こい》かもしれないってぐらい揺れる」

理解できない言動に「迷惑《めいわく》です」と素っ気なく返したが、二人は神妙《しんみょう》に頷《うなず》いて「余所《よそ》で経験しておくのも手だぞ。一回やったら〝まーこんなもんか、大したことねーな〟ってなるから」

「でも良いプロに当たって、相手に同レベルの物を求めるのはダメだぞ」「出来ればプロも何人か経験して、ジェンダーショックは一通り済ませておけよ」と、聞いてもいない助言をくれる。

「恋人以外の相手には、触れたいとも触れられたいとも思いません」

今までだってそうだった。きっとこれからもそうだ。

仮に一族の駒《こま》として誰《だれ》かと結婚《けっこん》したとしても、その気持ちは消えはしないだろう。

「あんなに容赦《ようしゃ》なく取引先は切れるのに、そこらへんの融通《ゆうずう》はきかないんだな」

「お前ってやつは……。もし俺が結婚してて、娘《むすめ》がいて、その子が適齢期《てきれいき》なら嫁《とつ》がせたいよ」

「俺も。悪い意味で高踏的《こうとうてき》な奴《やつ》だと思ってたけど、良い意味でも高踏的だったんだな」

勝手に感動して目頭《めがしら》を押さえたり、頷いたりしている二人を置いて、オフィスに戻《もど》る。

雑談のせいで予定の休憩時間を超過《ちょうか》し、帰る時間がその分遅《おそ》くなることに不満を覚えた。

残業が増えることで、理央のことを想《おも》う時間が削《けず》られるのが嫌《いや》だった。そういえば調査会社からのメールも確認していない。以前は真っ先に読んでいたが、ここ最近は気が回らなかった。

——調査会社との契約も、止めないとな。

自分が彼にとって魅力がない人間なのは分かっている。だからポジティブ要素ではなく、ネガティブ要素を廃することで捨てられるリスクを軽減したかった。とりあえず来週末まで理央と会う予定はないのでその間に、知られて困ることは全《すべ》て清算してしまおうと決める。

すぐにでも動きたかったが、仕事がなかなか片づかず、予定を随分遅《ずいぶんおく》れて日付が変わるような時間に会社を出た。しかし柳野が待つ地下駐車場まで歩いていたときに、「世宗」と声を掛《か》けられる。

振り返ると、植え込みの陰《かげ》から実豊が近づいて来た。

「何度来ても、お前に施《ほどこ》しを与《あた》える気はない」

父から何も聞いていないが、再び現れたということは、事態はまだ収束していないのだろう。

「ずっと待ってたのにひでぇな。たまには従兄弟《いとこ》同士で腹割って話をするのもいいだろ？」

「俺はいつもお前に対しては本音で話している。迷惑だ。帰れ」

睥睨《へいげい》すると、実豊は「いいのかよ」と、皮肉げに唇《くちびる》を歪める。

「この間のあいつ、お前がストーカーしてた奴だよな。あいつに何もかもばらしてやろうか」

「……何のことだ？」

「今更《いまさら》、言い訳しても無駄《むだ》だって。この間もこうやって待ってたんだよ。話がしたくてさぁ」

思わず視線をそちらに向ける。実豊は俺の反応に、にたりと嬉《うれ》しそうな笑みを浮《う》かべた。

「お前が見たことない顔で男と話してるの見て、絶対に何かあると思ったんだよ。名前、高梨理央っていうらしいな。それで思い出したんだけど、あれ、写真の男だよな？」

調査会社は、菱守の家にとって身近なツールの一つだ。例えば身内の交際相手や婚約者《こんやく》に関しては、その三親等まで必ず調査が入る。調査会社を用いれば、理央の名前を知るのは容易《たやす》いだろう。金がないのにどこから費用を捻出《ねんしゅつ》したかは知らないが、この男のやりそうなことだ。

あの日は帰りに理央の家に行った。家から、名前や仕事先を特定するのは簡単だ。

「彼とはいい友人同士だ」

「そうかよ。でも、それが本当だったとしても、ストーカーの友人なんていらないよな？」

「どこに俺がストーカーだという証拠《しょうこ》がある？」

実豊の言葉に、信憑性《しんぴょうせい》などない。だから白を切り通すつもりだった。

「お前の部屋に」

ぎょっとすると、にいと実豊が笑って、俺の方に何かを投げる。しかし俺に届く前にそれは空気抵抗《ていこう》を受けて、歩道に落ちた。角に穴が開けられた長方形のカードだった。

拾い上げると、それは結美が理央から譲《ゆず》り受け、俺に売った古い免許証《めんきょしょう》だった。

「俺の部屋に入ったのか。どうして俺の部屋が分かった？」

理央と付き合って以来、部屋には帰っていないのだから、調査会社が調べられるはずがない。

「また仲良くしたくてさぁ、お前が帰国してすぐにおばさんに住所を聞いた。まさか、こんな風に役に立つとは思わなかったけど」

温室育ちの母は身内に対する警戒心《けいかいしん》が緩《ゆる》い。幼い頃《ころ》に息子《むすこ》を虐《いじ》めていた従兄弟に対してもそれは同じようだ。実豊が問題視される前であれば、あっさりと口を割ってもおかしくない。

部屋が分かれば、入る方法は幾《いく》らでもある。実豊は不出来ではあるが、狡智《こうち》には長《た》けていた。

それにあのマンションはセキュリティが甘い。物理的には簡単に出来るのだから、俺だとて法は犯《おか》さないという軛《くびき》を自ら設けなければ、理央の家に入るのは可能だった。

「俺を脅《おど》すのか」

子供の頃は泣くだけだったが、今は違う。そう思っていたが、情けなくも声が震《ふる》える。

つい、想像してしまったのだ。ストーカー行為《こうい》を理央に知られたらどうなるかを。それは俺の持つ最大のネガティブ要素に他《ほか》ならない。実豊は、交渉《こうしょう》材料に随分《ずいぶん》良いカードを切ってきた。

「とりあえず五百万。お前なら軽いだろ？」

不意に頭の端《はし》で「こいつを消せば万事《ばんじ》解決だ」と悪魔《あくま》が呟《つぶや》く。もう片方から天使が、「手を汚《よご》すな。こいつを追う連中に引き渡《わた》せばそいつらが始末を付けてくれる」と囁《ささや》いた。いや天使の考えは甘い。実豊が俺を堂々と脅しにきたということは、そちらは片が付いているのだろう。

一族に暗雲をもたらす要素を、祖父が看過するとは考え難《がた》い。そちらの対応は済んでいるが、恐らく金の都合は付けて貰《もら》えなかったに違いない。そうなると悪魔の方に耳を貸すのが正解だ。

しかし実豊は俺の思考を読んだように「俺に何かあれば、お前の秘密は高梨に知られるようになってる」と口にした。馴《な》れ馴れしく彼を呼び捨てた実豊に不快感を覚え、眉《まゆ》を寄せる。

「どういう意味だ？」

「証拠は全部、告発文と一緒《いっしょ》に俺の女に渡してある。もし俺と連絡《れんらく》がとれなくなったら、女にはそれをお前がストーカーしていた奴に届けるように言っておいた」

先手を打たれたようだ。こんな奴に出し抜《ぬ》かれたのは嫌だったが、理央のことに関してはどうしても慎重《しんちょう》にならざるを得ない。女が本当にいるのかどうかは分からないが、それを探《さぐ》る時間は必要だ。万が一にも、理央に俺の正体がばれるような事はあってはならない。

捨てられるだけならまだしも、嫌われるのだけは嫌だ。想像するだけで、顔が青ざめる。

「口座を教えろ。振《ふ》り込んで置く」

俺の言葉に実豊は笑《え》みを浮かべて、「まずは、お前の携帯《けいたい》番号を教えろよ」と口にした。

他人にやりこめられるのは久し振《ぶ》りだが、酷《ひど》く嫌な気分だった。不快で、不安で、じりじりと焦《あせ》る。実豊は俺から携帯番号を聞き出した後、用が済んでさっさと立ち去るとばかり思っていたが、しばらく黙《だま》って俺を見つめていた。気味の悪い視線に眉を寄せる。

「よっぽど大事なんだな、そいつ。でもお前みたいな奴が惚《ほ》れるにしちゃ、平凡《へいぼん》な男だ。あんなのの何がいいんだ？　顔も普通《ふつう》で、大した給料も貰ってない、どこにでもいる面白味《おもしろみ》のない男だろ」

「お前に彼の価値は分からない」

これ以上、理央を侮辱《ぶじょく》されるのは耐《た》えられず、実豊を睨《ね》め付けてからその横を通りすぎる。

「ばらされたくなきゃ、ちゃんと振り込めよ」

背中にかけられた声から、逃《に》げるように柳野が待つ場所に向かう。

念を押されなくても、連絡が来ればすぐに振り込みを行うつもりだ。

ストーカーの件がばれたら、カメラが見つかったとき以上に怒《おこ》らせるのは分かっていた。

もう一度あの目を向けられると思うだけで胃の奥が重く冷えて、嫌な想像ばかりが頭の中を駆《か》け巡《めぐ》った。彼に嫌われたら俺は、きっと息もできなくなる。

◇◇◇

一災起これば二災起こるという。そして二度あることは三度あるとも。

それらが真なら、一つ災難に見舞《みま》われれば、結果的にそれは三回続くと考えて良いだろう。

一度目の災難が実豊だとするなら、二度目の災難を俺に持ち込んだのは結美だった。

「それでね、私に連絡とってきたからお兄ちゃんの連絡先を教えたんだけど、女の勘《かん》ではまだお兄ちゃんに気がありそうでぇ……だからぁ、ヒッシーに教えてあげようかなぁって」

今朝、メールで仕事帰りに会えないかと誘《さそ》いを受けて、了承《りょうしょう》した後に待ち合わせ場所に指定されたのは、最近話題だというドーナツ専門店だった。よく駅前やモールに入っている店とは違《ちが》い、価格設定が高く女性が好みそうな色合いの物ばかりが置いてあった。

店内にいるのも殆《ほとん》どが女性で、男性はその付き添《そ》いとして数人目に入る程度だった。

「そうか」

水色のドーナツを口に運ぶ結美が教えてくれたのは、彼に近づこうとする女性の存在だった。

「相手の女性の名前は？」

「越智伊織《おちいおり》っていうんだけど、高校時代のお兄ちゃんの彼女だよ。そういえば高校時代、私達も付き合ってるんじゃないかって噂《うわさ》されてたねぇ。当時はよく女の子達に嫉妬《しっと》されたよぉ」

「校内ではよく話してたからな」

それに結美はよく持ち物を、「ヒッシーに買ってもらったんだぁ」と自慢《じまん》していた。

しかしそれは彼氏から彼女へのプレゼントではなく、後ろ暗い取引の報酬《ほうしゅう》だったわけだが。

当時の会話は「お兄ちゃん、週末はサッカーの試合観《み》に行くって」「早速《さっそく》俺もチケットを手配する必要があるな。良くやった。学食を奢《おご》ってやろう」等と、理央に関するものが主だった。

尤《もっと》も、現在もそれは変わっていない。

「越智伊織は、確かサッカー部のマネージャーだったな」

理央にできた、初めての彼女だ。その彼女と彼は高校の三年間ずっとつきあっていた。

「さすがストーカーの鑑《かがみ》だね。伊織お姉ちゃんは実家が宝石店でね、売り物にならないジュエリーを貰った事があるの。それでお姉ちゃんって呼ぶことにしたんだぁ。凄《すご》くいい人だよ」

「さすが金の亡者《もうじゃ》の鑑だな。そのお姉ちゃんの情報を、俺に売ってくれるわけか」

「亡者なんて酷いなぁ。情報提供料はここのお会計だけにしてあげようとしたのにぃ。でもそれとは別でお兄ちゃんの使えなくなったマウスいらない？　指紋《しもん》付きで十万だよ！」

今は彼が触《さわ》った物にこだわらずとも、彼に直接触って貰える立場だと考えると、口元が弛《ゆる》む。

それに儚《はかな》い夢を守るために、理央に知れて嫌《いや》がられることはせずに置きたかった。

「……言ってなかったが、俺は理央と付き合ってる。だから、そういうものは、もう買わない。見つかったときに、言い訳ができなくなる」

どんな反応をするか想像しながら、得意な気分で口にした。しかし結美は俺の言葉に驚《おどろ》くでもなく、うんうんと頷《うなず》き「脳内の話だよね」と、彼に似た微笑《ほほえ》みを浮《う》かべる。

「現実世界でだ」

「分かる分かる。そうだよねぇ。でね、そのマウスなんだけど、本当にいらないのぉ？」

全《まった》く信じていない結美に苛立《いらだ》ちを覚えたが、俺だとて未《いま》だに信じられない。

眠《ねむ》ったら現実に戻《もど》る気がして、彼と付き合って以降ろくに眠っていなかった。

それでも一人きりになったときに体が限界を迎《むか》えると、落ちるように睡眠《すいみん》に入る。一日数時間のその睡眠は、体力を回復するのに充分《じゅうぶん》ではないのか、このところ随分《ずいぶん》と疲《つか》れ易《やす》かった。

「買わないと言っているだろ。そもそも手持ちもない」

結美は驚いた顔をする。俺が理央と付き合っていると話したときに、見たかった表情だ。

「どうしたの？　なんで？　いつもお金なんてすぐ出てくるのにぃ」

彼女が俺のことを現金自動支払《しはら》い機として見ているのが、よく分かる発言だ。

「従兄弟《いとこ》に理央をストーカーしていることが知られて、脅されて金を払った」

実豊と会った後、すぐにマンションの部屋に行った。幸いにも実豊が入ったのは下の階だけだった。理央の物は下の階よりも上の階に多い。しかし部屋は酷く荒《あ》らされていて、高価な物は殆ど無くなっていた。その代わり理央の物で無くなっていたのは、免許証《めんきょしょう》の他は写真だけだった。恐《おそ》らく実豊にはどれが理央の物で、どれがそれ以外なのか分からなかったのだろう。何せ、部屋にあるコレクションの殆どが彼が必要ないと判断して捨てた物だったのだから。しかし安全を期すため、両方の部屋の荷物は全《すべ》てセキュリティに定評のある貸し倉庫に収めた。

「いくら払《はら》ったの？」

金額を告げると結美は大袈裟《おおげさ》に首を振って「そんなの、ひどすぎるよぉ！」と憤慨《ふんがい》した。

俺のために怒っている彼女に、初めて好感を覚える。しかし結美は小さな声で「のお金なのに」と漏《も》らす。よく聞こえず、耳を澄《す》まして続きを待つと、彼女は拳《こぶし》を握《にぎ》って力説した。

「私のお金なのに！　私がヒッシーから貰う予定のお金だったのにぃ！」

「違う」

「違わない！　ヒッシーは私の金蔓《かねづる》だもん！　私だけのお財布《さいふ》だもん！　そいつ許せないよ！　もし抹殺《まっさつ》するなら、協力するよぉ！　私のお金を盗《ぬす》む奴《やつ》なんて生きる価値ないもん」

「本当に理央と同じ親から生まれたのか？　理央はあれほど温和で思いやりがあるのに」

どうも兄妹で性質が違い過ぎる気がして問い掛《か》けると、結美はドーナツと一緒に頼《たの》んだカフエラテに口を付けて、上唇《うわくちびる》に泡《あわ》を付けたまま「前から言ってるけど」と前置きした。

「お兄ちゃん、温和じゃないよ？　身内とか社会的な弱者には確かに優《やさ》しいけど、あの人、一旦《いったん》自分やその身内が攻撃《こうげき》されると、さくっとキレるよ。わりと容赦《ようしゃ》ないよぉ」

「文化祭で見たから知ってる。それに前にサポーター同士の乱闘《らんとう》を収めてる姿を見た」

「文化祭は相手が学生だったから手加減してるよぉ。本気のお兄ちゃんはもっと怖《こわ》いよ？　取り立てに来た怖い人達には容赦なかったもん。どっちも血塗《ちまみ》れになって、警察の人に怒られてたぁ」

「そんなことがあったのか？」

「私がまだ小学生のときにね。でも、あれは向こうがお母さん殴《なぐ》ったり、私のこと蹴《け》ったりした上に、お父さんの遺骨を床《ゆか》に投げたからなんだけどぉ。取り立てに来た人達の事も怖かったけど、あの事件の後はお兄ちゃんのことも同じぐらい怖くて、近づけなかったなぁ」

家に遺骨があった時期ということは、理央は中学三年の終わり辺りだろう。

だとしたら、まだ調査員を雇《やと》ってなかったから、俺が知らないのも道理だ。

「大丈夫《だいじょうぶ》だったのか？　相手が逆上して彼を傷つけたりしなかったのか？」

「してたけどぉ、近所の人とか警察の人とか、みんな駆けつけてくれて。それでね、調べたら借金も実は利子が異様に高かったから、過払《かばら》い気味だったんだってぇ。だからその分の返還請《へんかんせい》求《きゅう》を諦《あきら》めることで痛み分けになったんだぁ。取り立ての人の治療費《ちりょう》ってことで」

理央が相手に治療が必要なほど怪我《けが》を負わせる様子は、どうやっても想像できない。

相手のラフプレーで試合中に怪我をしたときも、怒ることはなかった。サポーター同士の乱闘では、一番興奮している男性を取り押さえていたが、怪我はさせていなかった。

「そういえばそのすぐ後ぐらいに、伊織お姉ちゃんと付き合いだしたんだと思う。伊織お姉ちゃん関西の会社で働いていたみたいなんだけど、辞《や》めて戻って来たんだって。次の仕事はこっちで探すから、その相談でお兄ちゃんと連絡《れんらく》とりたいって言ってたけどぉ」

「今も……彼女は綺麗《きれい》なのか？」

昔、理央と付き合っていた頃《ころ》の彼女はとても綺麗だった。名前を聞いたときから気になっていたことを尋《たず》ねると、長年の取引相手は「ねぇ、ヒッシー」と珍《めずら》しく諭《さと》すような声音《こわね》を出す。

「いつかは、お兄ちゃんも結婚《けっこん》するよぉ。だから今から相手のことを気にしないように訓練しなくちゃだめだよ。それが出来なくなったときが、諦めどきだよ。私、ヒッシーの恋《こい》が殺人事件エンドになるのは嫌だなぁ。お兄ちゃんには苦労してる分、幸せになって欲しいしぃ」

「それなら何故《なぜ》彼女の情報を教えたんだ？」

「だから訓練だってばぁ。心の準備。予《あらかじ》め覚悟《かくご》して置いた方が、いいかなぁってぇ」

結美の言葉は尤もだ。今は俺と付き合っていても、この関係が永遠だなんて思えない。そもそも明日にも終わるかも知れない。常にその恐怖《きょうふ》は頭の中にある。

「理央を悲しませることだけはしない」

俺がそう言うと結美は「そこは信用してるよぉ」と微笑んだ。

結美と別れて一人でホテルに帰った後で、彼女から聞いたばかりの女性のことを考える。

実豊のこと、理央の元彼女のこと、一人で考えていると頭がおかしくなりそうで、彼と連絡を取ろうとしたが、時刻は随分遅《ずいぶんおそ》くなってしまっていた。

「この時間は、常識的とは言えないな」

結局諦めて携帯《けいたい》を仕舞《しま》い、次の約束を心の拠《よ》り所《どころ》にして、部屋の窓から理央の家がある方を眺《なが》める。けれどここからは、あのマンションは遠すぎて見えなかった。

◇◇◇

「世宗？」

声を掛けられてはっとして顔を上げると、理央が気遣《きづか》わしげに俺を見ている。

今日の逢瀬《おうせ》は、本来なら延期になる予定だった。理央が珍しく仕事でミスをして残業になり、会う日をずらしたいと、昼休憩《きゅうけい》の際にメールで連絡を受けた。

諦めて家に帰ろうと思ったときに、柳野に「夜食を持ってサプライズ訪問は男性の夢」と諭され、職場に他《ほか》に人がいないことを確認《かくにん》してから、テイクアウトした料理を持って訪《おとず》れた。

本当は食事だけ一緒《いっしょ》にとって帰宅しようと思っていたが、理央は喜んで迎えてくれた。

『もう少しで帰れそうなんだけど、待っててくれる？』

数十分前、食後の片付けをしていたら、彼にそう打診されて頷いた。

交際してからの逢瀬は二度目だ。まだ理央と向き合うことには慣れない。けれどこのところ不安になることばかりだったから、彼を見ているとほっとする。同時に失うのが尚更怖《なおさらこわ》くなる。

「すみません、考え事をしていました」

「疲れてるなら、事務所のソファで休んでて大丈夫だよ？」

「いえ、ここで結構です」

「隈《くま》すごいけど、そんなに仕事忙《いそが》しいの？」

「最近、あまり眠れていないので」

十月も半ばに入り、季節はすっかり秋になっていた。

工場は換気《かんき》を頻繁《ひんぱん》にするため、夏は熱く冬は寒い。作業所の中にいると、薄手《うすで》のコートを手放せないが、理央は作業着だけで作業をしている。そういえば昔から冬でも薄着《うすぎ》だった。

「大丈夫？　あんまり無理しないでね」

「それは、高梨さんもです。他の方は手伝われないんですか？」

こんな時間まで一人で仕事をしている理央にそう訊《たず》ねると、「この行程は俺しか出来ないし俺のミスだから」と苦笑《くしょう》される。彼の指は手袋《てぶくろ》をはめていても、相変わらず器用に動く。

仕事をしている姿に見入っていたら、携帯が鳴り出す。実豊からだったので、すぐに切った。

金は既《すで》に振《ふ》り込んだが、不出来な従兄弟のことは調査中だ。写真はバックアップがあるからいいが、第三者にストーカーの証拠《しょうこ》が渡《わた》っているかどうかは、確かめる必要がある。

「出てもいいのに」

電話に気づいた理央の指摘《してき》に、疚《やま》しい秘密を持っている自覚があるので、口元が引きつった。

「会社からですから」

「尚更《なおさら》出なよ。緊急《きんきゅう》の用事かもしれないし、そうじゃなくてもそんな風に切るのはよくない」

窘《たしな》める口調に、理央が真剣《しんけん》に仕事に取り組むことを知っていて、「会社」だと偽《いつわ》ったことを後悔《こうかい》する。親しい友人などいないが、「友人」だと言うべきだった。

仕方なく、理央に断ってから製作所の外に出る。本当にリダイヤルすべきかどうか迷ったが、また会社に来られても困るので、渋々《しぶしぶ》かけ直した。

「何か用か？」

相手が出たのを確認して問い掛けると、実豊は電話ですら聞くのが不快な声で『悪い悪い、またちょっと追加で頼めないかと思って』と悪びれずに金の無心をしてくる。

『いやさ、従業員の給料も滞納《たいのう》しててさ。あいつら払わないと、訴《うった》えるって息巻いてるんだよ。

裁判沙汰《さいばんざた》はじじいが出てくるから嫌《いや》だろ？　もし親族会議にでもなったら、俺、お前を脅《おど》して金巻き上げてたとか喋《しゃべ》っちゃうかも』

従兄弟《いとこ》に金を払うために、持っていた資産の一つ、海外のリゾート地の利権を手放した。

見込み数千万ドルの損だが、その分すぐに動かせる現金はまだ手元にある。みすみす実豊に渡してやるのは悔《くや》しいが、今のところ彼に対抗《たいこう》できるカードは持っていない。

『そしたらさ、脅しのネタ、きっとみんな知りたがると思うんだよ。特に、うちの親父《おやじ》とかさ。でも追加でもう一千万くれるなら、証拠もお前に返して、この件は忘れるからさぁ』

「信用できないな」

実豊に脅された日、俺の様子が普段《ふだん》とは違《ちが》うことを追及《ついきゅう》してきた柳野に、このことは全《すべ》て話した。有能な運転手は「高梨様に包み隠《かく》さずお話ししてみてはいかがでしょうか。そうすればそのネタは使えなくなります」と提案した。確かに他人から伝わるよりはましだが、軽蔑《けいべつ》されることにも、結果として理央が俺を捨てることにも代わりはない。

想像しただけで、吐《は》きそうだ。最近、輪を掛けて寝不足《ねぶそく》なのは、それが原因でもある。覚悟は出来ているが、一度与《あた》えられた物を失うことに、とても耐《た》えられそうにない。

『もうこれで最後にするよ。なぁ？』

「……次は、金を出さない」

次回までに調査が進むことを祈《いの》るしかなさそうだ。この件に関しては俺の分が悪すぎる。

しかしこの不出来な従兄弟《いとこ》には感謝していることが二つある。一つは、オモチャを壊《こわ》してくれたこと。二つ目は、理央の前で俺を虐《いじ》めたこと。どちらも彼と関《かか》わるきっかけになった。

理央は俺を二度も助けたことは覚えていない。覚えていたとしても同一人物だと認識していない。けれどこの不自然な再会に疑問を持たれるくらいなら、忘れたままでいてほしい。

『心配するなよ。でも、お前みたいな完璧《かんぺき》な奴《やつ》にも欠点があるって分かって、嬉《うれ》しいね』

笑い混じりに通話を切った実豊に、忌々《いまいま》しい気分で、作業所に戻《もど》る。

理央は仕事に集中していて、俺には気づかない。真剣な目と繊細《せんさい》な手つき、あっという間にただの板から旋盤《せんばん》を使って物を形作る彼は、まるで創造主のように神々《こうごう》しく見えた。

息を詰《つ》めて見入っていると、仕事を終えた理央が手袋を外して、疲《つか》れたように首を回す。

彼は乾《かわ》いた目を癒《いや》すように何度か瞬《まばた》きをした後で「ごめん、結構遅《おそ》くなった」と口にした。

時計を見ると、確かに〝もう少し〟の一航的な範疇《はんちゅう》を超《こ》えていたが、どのみち彼と居られたのだから、不満はない。待つことには慣れている。

「高梨さんが仕事する様子をみているのはとても楽しいので、気になさらないで下さい」

ずっと見てきた相手だ。肉眼で見られるなんて、嬉しくて堪《たま》らない。こうして目で追っているだけで、幸せだった。その幸せがなくなるかもしれないと、怯《おび》えてしまう程に。

「結構遅くなったから、良かったら泊《と》まっていって」

帰るのは名残惜《なごりお》しいと思っていた。しかし彼の家に行くほど、心の準備は出来ていない。

固まると同時に赤くなった俺に、理央が「何もしないから」と苦笑する。

二人きりになっただけで戸惑《とまど》うのに、触《ふ》れられて耐えられるとは思えない。けれど警戒《けいかい》していると思われるのも不本意だった。まるで彼が常に自分に触れたいと、驕《おご》っているみたいだ。

「その……でも、ご迷惑《めいわく》では？」

本当に気になっていたのは、一晩中彼と過ごすことだ。眠《ねむ》っている間に何か失礼なことをして幻滅《げんめつ》されるのが怖《こわ》い。寝《ね》ているときは取り繕《つくろ》えないから、不安で堪らない。しかし断るための言葉を探していると、理央が「まだ一緒にいたい」と口にしたので、何も言えなくなる。

甘い台詞《せりふ》が嬉しくて、頬《ほお》が弛《ゆる》む。このところ不安ばかりだったから余計だ。

けれど家に行くことには戸惑っていると、彼が近づいてきてふっと視界が陰《かげ》る。

「え、あ……の」

鼻先を金属の匂《にお》いが掠《かす》める。ざらりとした指先に頬を触れられ、途端《とたん》に熱が広がった。

「世宗が笑ってるところ、久しぶりに見た。すごく可愛《かわい》い」

顔を逸《そ》らそうとするが、彼の指に阻《はば》まれる。赤い顔を余すところなく見られるのは、居たたまれない。頭の中を全て見透《みす》かされている気分で「高梨さん」と困り切った声で彼を呼ぶ。

すると頬から手が離れ、ほっと息を吐く。しかし今度は指の代わりに頬に唇《くちびる》が触れる。

驚《おどろ》いているうちに指先で首を撫《な》で上げられ、自然と上向くと彼の唇が俺の唇に重なった。

「……っ」

けれどそれは抵抗《ていこう》する間もなく、一瞬《いっしゅん》で離《はな》れる。思わず唇を指で押さえて目の前に立つ理央を見つめると、彼は「さっきの顔、もっと見せて」と微笑《ほほえ》む。

普段とは違う、やけに体の芯《しん》がざわめくような表情を向けられて、思わず首を横に振った。

「どう、やればいいのかわからないので」

「そっか。俺がそういう顔をさせればいいのか」

納得《なっとく》した顔で理央が頷《うなず》くが、嫌な予感しかしない。いつの間にか彼に取られた手に、彼の指が這《は》う。指同士が触れ合い、絡《から》み合う。擦《こす》れて繋《つな》がれて、そんな単純な接触《せっしょく》にすら胸が高鳴る。

近づいた唇がもう一度触れる寸前、理央が「好きだよ」と口にした。「かわいい」とも。

「私で、遊ぶのは止《や》めてください」

揺《ゆ》れる声で咎《とが》めると「思ったことを言ってるだけ」と、穏《おだ》やかな彼の言葉が鼓膜《こまく》を擽《くすぐ》る。

触れられるのも、そういう言葉を告げられるのも嬉しいが、過ぎた幸福は身に毒だ。

追い詰められた気分で「離してください」と訴えたが、指は絡んだままだった。

「何がそんなに怖いの？」

不意にされた質問の意味が分からずに首を傾《かし》げると、理央は苦笑しながら「俺はどんな世宗を見ても、嫌《きら》いになったりしないよ」と言った。

「怖《こわ》いというか……いい歳をして、こんな風に動揺《どうよう》する姿をあなたに見せるのが恥《は》ずかしいのです」

「俺はそれが見たい」

「私は見せたくありません」

頑《かたく》なに俯《うつむ》くと、理央が諦《あきら》めたように指を解く。呆《あき》れられたかもしれないと、恐《おそ》る恐る顔を上げると「帰ろうか。ここでこれ以上できないし」と言われて、ますます恥ずかしくなる。

「やはり、今日は……」

「帰るなんて言わないよね？」

先手を打たれて、仕方なく「はい」と頷く。

何もしないと約束されて、それでも家に行きたくないとは流石《さすが》に言えない。

だから大人しく、会社の戸締《とじ》まりをして外に出た理央について、家路を歩く。

その間、彼は世間話で俺の緊張《きんちょう》を紛《まぎ》らわせてくれた。叔父《おじ》の知人を新しく雇《やと》うことになりそうだとか、同僚《どうりょう》にもうすぐ子供が生まれそうだとか、結美がやたらと家に来たがっているとか。

相槌《あいづち》を打ちながらも、〝子供〟という単語に引っかかりを覚える。理央は良い父親になるだろう。それを越智伊織は叶《かな》えることができると思ったら、心臓にちくりと針が刺《さ》さった。

「そういえば、先日私の同級生も結婚《けっこん》をして家庭を持ちました」

誘導《ゆうどう》めいて気が引けたが、直截《ちょくさい》に「越智伊織から連絡《れんらく》はありましたか？」とは聞けない。

「昔の同級生とはあまり連絡をとっていなかったので、突然《とつぜん》の報告にとても驚きました。高梨さんはご友人がとても多そうですが、今でも連絡を取っている方は多いですか？」

「近所に住んでる奴等《やつら》とはたまに飲むよ。あとはSNSで近況《きんきょう》が流れてきたりするけど。敢《あ》えて連絡は取り合ってないな。世宗はSNSとか利用してなさそうだよね」

確かにSNSには興味がないから、理央が利用しているという発想すら無かった。もしIDが分かれば彼の生活を覗《のぞ》き見られると、ストーカーとしての本能が疼《うず》いたが、「俺もここ数年は全然更新《こうしん》してないけど」と聞いて、膨《ふく》れた期待が萎《しぼ》む。

嘘《うそ》まで吐いて水を向けたが、理央は越智に関しては何も言わなかった。元恋人《こいびと》が連絡してきた話なんて、現在付き合っている相手との話題には、相応《ふさわ》しくないと判断したのかもしれない。

「でも世宗の同級生って、なんか世宗のこと崇拝《すうはい》してるから、付き合いづらいかもね」

「何故《なぜ》そう思うのですか？」

「出入りの業者が結美の同級生で、世宗のこと聞いたら、まるで教祖みたいに語られたよ」

名前を聞けば、元級友だった。一度いじめの仲裁《ちゅうさい》に入ったことで好感を持たれ、俺を追ってサッカー部にまで入部した男だ。同性にあれほど心酔《しんすい》されることはそうないので、まるで自分を見ているようで気味が悪かった。同族嫌悪《けんお》という言葉の意味を、身を以《もっ》て知った。

「結美が言ってたけど、結構みんなあんな感じだったんだって？」

確かに俺が黒と言えば白も黒になる風潮はあったが、部活まで追い掛《か》けてきたのは彼ぐらいだ。しかし学校という狭《せま》い空間の中で、不安定な思春期だったから影響《えいきょう》力を発揮できただけで、今はあれほど人心を掌握《しょうあく》することはできないだろう。尤《もっと》も、当時から「金」という揺らぎない価値基準を持つ結美だけは例外だった。あの頃《ころ》も、今も理央の妹である彼女には敵《かな》わない。

「影響力があったのは、結美もです。彼女は、男性にとても人気がありましたから」

「あいつが？　金に汚《きたな》いから貰《もら》い手があるか心配してたけど、それ聞いて安心した」

安心していいのかどうかは分からないが、話題が逸れたことに胸を撫で下ろしたときに、マンションに着いた。彼の部屋に行くのは三度目なのに、まるで慣れない。

それが理央にも伝わったのか、部屋に入って一時間ほどは、たわいない話が続いた。

しかし話が途切《とぎ》れた頃に、彼は「じゃあ風呂《ふろ》も沸《わ》いたと思うから、先に入って」と口にした。考えていなかった展開に、俄《にわか》に体が硬直《こうちょく》する。寝る前に体を洗うのは普通《ふつう》のことだが、彼の部屋で風呂に入るという行程は想定に入っていなかった。

「ここで帰られたら流石に傷つくな」

つい、無意識に玄関《げんかん》の方に視線を向けると、理央に釘《くぎ》をさされる。

「……わかりました。お借りします」

仕方なく浴室に向かう。以前来たときは楽園に思えた浴室で、躊躇《ためら》いながら服を脱《ぬ》いだ。出来る限り何も考えないようにしていたが、一人になるとよりまざまざとこれからのことを想像してしまう。泊まるということは、明日の朝まで一瞬も気が抜《ぬ》けないということだ。

そんなことをぼんやりと考えつつ体を洗《あら》っていると、脱衣《だつい》室のドアが開く。浴室の扉越《とびらご》しに彼の姿が見えて、ぎくりと体が強張《こわば》った。しかし彼は声を掛けることもなく、すぐに出ていく。安堵《あんど》で体の力が抜け、臆病《おくびょう》な自分に呆れる。

夢見ることとすら出来ないほど憧《あこが》れた恋人という立場が手に入ったのに、いざとなると逃《に》げ腰《ごし》になった。だけど理央に嫌われるのが怖いと避《さ》けていたら、それを理由に嫌われそうだ。

想像するだけで指先が冷える。風呂をあがると、初めて来たときと同じ場所に、彼が着替《きが》えと歯ブラシを用意してくれていた。理央の物とは色が違《ちが》う自分用の歯ブラシが、彼の家に置かれるなんて、ますます夢みたいだ。けれど夢が膨らめば膨らむほど、いつ破裂《はれつ》してしまうのかと恐ろしい。そんな気持ちを押し殺し、用意された服を着て、部屋に戻《もど》った。

「少し血色良くなったけど、やっぱり疲れてるみたいだね」

眠れない原因を告げるわけにはいかないので、また仕事を理由に誤魔化《ごまか》す。

彼が入れ違いのように浴室に向かうのを無意識に目で追っていると、ふと振《ふ》り返った理央が戻ってきて、製作所のときのように俺の頰に唇を押し付けた。

「な、なんですか？」

「したかったから」

まるで当然の権利を主張するように満足げに笑った理央に、ただでさえ入浴後に温まっていた体がますます熱くなる。彼は本当にしたかったからしただけのようで、すぐに浴室に消えた。

所在なく部屋で待つ間、柳野に連絡を入れていないことを思い出して、今日はもう休むようにと伝えた。普段《ふだん》なら滅多《めった》に理由を問われないが、今日に限って彼が珍《めずら》しく興味を示したのは、俺の声が微妙《びみょう》に掠れていたせいかもしれない。

理央の家に泊《と》まると打ち明けると、柳野は『明日はお迎《むか》えに上がります。仕事に差し支《つか》えが出るようでしたら、予《あらかじ》め午前休を取っておくべきかと存じます』と、臆面《おくめん》もなく助言してきた。

「り、理央には何もしないと言われているから、おかしな心配はしなくていい」

『世宗様、少々失礼なことを申し上げますが、それは甘い考えです。政治家の公約、女性が女性を紹介《しょうかい》する際の褒《ほ》め言葉、そして男性の「何もしない」は、全《すべ》て嘘と心得るべきです』

「……拒否権《きょひ》は？」

理央は約束を違《たが》える人間ではないと反論しようとして、彼の唇の感触《かんしょく》が頰《ほお》に蘇《よみがえ》る。

『勿論《もちろん》ございます。高梨様も恐らく無理強《むりじ》いはされないでしょう。ですが……』

懸命《けんめい》な運転手はその先は言わなかった。俺は「分かった」と溜《た》め息混じりに通話を切る。

意味もなくうろうろと室内を歩き、軽井沢での事を思い返して居たたまれない気分になった。

「世宗？　何してるの？」

行き止まって壁《かべ》に額を押し当てて立っていたら、訝《いぶか》しげに名前を呼ばれて振り返る。

いつ見ても格好良い想《おも》い人の姿に、胸が苦しくなる。

「いえ、その……考え事を」

くつろいだ普段着《ふだんぎ》に着替えた理央は「疲《つか》れてるみたいだし、今日はもう寝《ね》なよ」と俺の手を引いてベッドに誘《さそ》う。真っ赤な顔で、彼に付いていくと「横になって」と指示された。

戸惑《とまど》いながらベッドに横になると、理央に「俯《うつぶ》せで」と言われ、ぎこちなく従う。

見えないと尚更《なおさら》不安だった。柳野の忠告が頭の中を回る。目の前に理央の枕《まくら》があるが、勝手に触《ふ》れてもいいか分からなかったのでじっと次の指示を待っていたら、彼の手が両肩《りょうかた》に触れた。

心臓が跳《は》ね上がった瞬間《しゅんかん》、ぐっと力をかけられて少し息苦しさを感じた。手は肩《かた》から項《うなじ》、もう一度肩へ、そして腰《こし》へと移る。ぐいぐい押されると、派手な音で骨が鳴った。

色気のないその音に、先程《さきほど》までとは別の意味で赤面してしまう。

「あ、の」

「俺、中学のときに一回膝壊《ひざこわ》して、そのときにマッサージ覚えたんだよ。よくチームメイトにもしてやってたから、結構上手《うま》いだろ」

「う、……あ、はい、ありがとうございます」

「世宗疲《つか》れてるみたいだから、体が解《ほぐ》れたら睡眠《すいみん》の質も上がると思うよ」

こうして彼の手で体《からだ》に触れられるだけでも緊張するが、度合いが違う。安堵《あんど》しつつも残念な気持ちで、その手に体を委《ゆだ》ねた。器用な指先は触れるだけで体を解していく。すると段々眠《ねむ》くなってくる。理央の前では眠れないと思っていたが、よほど限界だったらしい。

「気持ちいい？　痛い？」

「気持ちがいいです。そこが、すごく」

会話しているうちに瞼《まぶた》がとろりと落ちてくる。好きな相手に体を触《さわ》られるのが、こんなに心地《ここち》いいと思わなかった。瞼を閉じる感覚が長くなり、その度《たび》に再び目を開ける際に根気を必要とした。それを見越《みこ》したみたいに理央が「寝ていいよ」と口にする。

「はい、でも、本当に、何もしないんですか？」

眠気で、理性が弛《ゆる》んでいたのだろう。でなければ、そんなことは聞かなかった。

それはまるで本当はしてほしいのだと、見抜《みぬ》かれかねない質問だった。

「……しないよ。だから、何も心配しないで眠っていいから」

その言葉を聞き終わった途端《とたん》に、意識が途切れる。目が覚めたのが、どれぐらい後だったのかは分からないが数時間は経《た》っていただろう。着信音でうっすらと覚醒《かくせい》し、理央がベッドを出た瞬間、冷気がすうっと忍《しの》び込んできて、それで完全に眠りの淵《ふち》から引き上げられた。

彼は浴室の方に向かう。その寸前に彼が電話の向こうに「伊織」と呼びかけている声を聞いて、思わず部屋の時計に視線を向ける。電話をするには非常識な時間だった。こんな時間に掛けられるということは、番号を知ってから初めて掛けるわけではないだろう。

「高梨さん」

理央はなかなか戻っては来なかった。情けない気分で小さく名前を呼ぶ。

「捨てないでください」

本人には決して告げられないことを口にしながら、ベッドの中で丸くなる。

不意に理央がしないと言ったのは、俺を気遣《きづか》ったからではなく、もう俺に興味がなくなったからかもしれないと思った。誰《だれ》だって異性と同性なら、異性の方が良いに決まっている。

ましてや俺は、彼を盗撮《とうさつ》した変態だ。丸くなったまま彼女と自分を比べて惨《みじ》めな思いをする。

こんな風に毎日怯《おび》えるぐらいなら、ただ見つめていた頃の方が良かったかもしれない。

だけど不思議と、あの頃に戻りたいとだけは思えなかった。

◇◇◇

この関係に置ける外患《がいかん》的な問題は勿論気がかりだったが、しかしお互《たが》いの仕事が丁度忙《いそが》しくなってきたことで、肝心《かんじん》の理央との時間は減っていた。

勿論優先事項《じこう》は何を措《お》いても彼だったが、だからといって仕事を辞《や》めるわけにもいかない。

メールのやりとりは毎日していたが、気づけば最後に会ってから二週間も経っていた。

さすがにこれはまずいと、慌《あわ》てて翌日に約束を取り付けようとしたのが、金曜の夜だ。

『すみません、明日は友人と先約が入っていて』

ふとその友人が越智伊織ではないかと勘繰《かんぐ》ってしまうのは、先日調査会社の報告で名前を聞いたばかりだったからだろう。彼を疑うようなことはしたくなかった。

けれど憂鬱《ゆううつ》な気持ちは晴れず、理央との通話を終えた後で、自己嫌悪《けんお》しながら普段利用している調査員に、明日は理央の行動を調べるようにと指示を出した。

もし彼女と復縁《ふくえん》するとしても、理央なら俺との関係を切ってから、そちらに行くはずだ。

調査員を再び理央に差し向けることには罪悪感を覚えたが、気になって仕方がなかった。

もしかしたら、本当に就職の相談がしたいのかもしれないが、彼女が理央の魅力《みりょく》を知っているというのは強い不安要素だった。結美にも探《さぐ》りを入れたいが、今は青年実業家となった元級友をたらし込むのに忙しいようで、ろくに連絡《れんらく》が付かない。

「彼女と何も無くても、調べたなんてばれたら嫌《きら》われるだろうな」

不安と罪悪感で安眠《あんみん》出来ず、翌日は朝の早いうちから目が覚めた。ろくに眠れなかったせいで疲れも取れないまま、調査員から連絡を待つ間、折角《せっかく》の休日を仕事で潰《つぶ》す。

終わりの見えない仕事に終止符《しゅうしふ》を打ったのは、午後六時頃《ごろ》に入った調査員からの連絡だった。

『高梨は現在、駅前で越智と落ち合いました。歓楽街《かんらくがい》の方に向かっています』

予想していたのに、その報告に一瞬《いっしゅん》で頭が真っ白になった。胸に、また針が刺《さ》さる。

「わかった。すぐそちらに向かう。引き続き尾行《びこう》を頼《たの》む」

自分でも驚《おどろ》くほど、酷《ひど》く冷たい声が出る。調査員は一瞬《いっしゅん》黙《だま》り込んだ後で、躊躇《ためら》いがちに「了解《りょうかい》です」と答えた。身支度《みじたく》を整える余裕《よゆう》もなく、外に出てタクシーを拾う。

柳野を呼び出す気にはならなかった。柳野なら「高梨様を信じて待つべきです」と言うと分かっていたからかもしれない。俺だって信じたいが、その気持ちよりも不安の方が大きかった。

「あちらの店です」

長い付き合いの調査員は俺の顔を見ると、俺も以前連れて来てもらった定食屋兼《けん》居酒屋を指した。

「分かった。今日はもういい」

俺の言葉に、軽く頭を下げて中年の調査員が居なくなる。

来たはいいが、どうすべきか分からずに路上に立ったまま店の入り口を眺《なが》めた。冷たい風が項《うなじ》を擽《くすぐ》り、コートや革《かわ》の手袋《てぶくろ》を忘れたことに気づいたが、寒さはそれほど気にならなかった。

今すぐ店に入って関係を問いつめたいという欲望《よくぼう》と、このまま何もせずに帰りたいという気持ちが混在する。男女が二人きりで食事をするのは浮気《うわき》には当たらないのに、現場をおさえたつもりで、先走って調査員を帰してしまったことを後悔《こうかい》する。中に入ることも、引き返すこともできずに木偶《でく》のように立ち尽《つ》くしながら、一体何がしたいのかと自分に問い掛《か》ける。

もちろん答えは出せない。出せないうちに、店の引き戸ががらりと開いた。

反射的に顔を上げると、外に出てきた理央と目が合う。彼は俺がこの場にいることに、驚いていないようだった。視線をぶつけられて、動揺《どうよう》したのは俺の方だ。

「あ」

随分《ずいぶん》店の外に立っていた気がするのに、言い訳は何一つ考えていなかった。それでも何か声を掛けようとした瞬間、後から店を出てきた女性が、彼の腕《うで》に自分の手を巻き付ける。

途端に不快な気持ちがぶわりと、胸の内側で膨《ふく》れあがるのが分かった。

いくら付き合いが長いとはいえ、一時期恋人《こいびと》同士だった過去があるとはいえ、理央と彼女は今は他人だ。ろくに恋人らしいことはしていないが、付き合っているのは俺だ。

そう思ったが、何も言えない。彼女を退けるための言葉も、理央に弁明を求める言葉も。

「知り合い？」

訝《いぶか》しげに、越智伊織が傍《かたわ》らの理央を見上げる。調査報告書で見た写真通りの顔だった。しかし理央は美しく成長した彼女の質問には答えず「飲みに来たの？」と俺に話しかけてくる。

できすぎた偶然《ぐうぜん》だが、一人で飲もうと店に来て鉢《はち》合わせした、と思ったのかも知れない。

こくりと頷《うなず》くと「そっか、でも、飲むなら俺の家で飲めば」と少し投げやりに誘ってくる。

普段《ふだん》よりも粗野《そや》な口調は、酔《よ》っているせいかもしれない。

「え、二人で飲みに行っちゃうの？　私も行きたいな」

彼女の視線が艶《つや》を含《ふく》んで俺を見ると、理央はするりと彼女の手から逃《のが》れてこちらに近づいた。

そのことにほっとしていると、まるで男友達にするようなやり方で肩を引きよせられる。理央は「相談には充分《じゅうぶん》乗っただろ？　また今度な」と気安く断り、彼女に背を向けた。

背後から彼を呼ぶ甘えた声が聞こえてきたが、理央は振《ふ》り返らない。

それが嬉《うれ》しかった。だからその温《ぬく》もりに調子に乗った。彼が俺を選んでくれたという喜びを、確かな物にしたくて、不安を拭《ぬぐ》い去りたくて、言うべきでないと思いながらも問い掛ける。

「先程の彼女、誰ですか？」

離《はな》れてからそう訊《き》くと、理央は「昔の恋人」と悪びれずに口にして、肩に回った手を外す。

「今も、随分、仲がいいみたいですね」

声が冷たくなったのは、彼女が我が物顔で理央に触れていたせいだ。思い返せば返すほど、不愉快《ふゆかい》な気持ちになった。彼に触れて良いのは俺だけだと、覚え立ての独占欲《どくせんよく》が顔を出す。

「この間久し振《ぶ》りに連絡が来て、相談に乗ってただけ」

「相談とは？」

「離婚《りこん》するから、知り合いの弁護士と仕事を紹介《しょうかい》して欲しいって。でも俺が紹介できる弁護士って会社で世話になってる先生だけで、離婚とかそっちに強い人じゃないんだよね。それに彼女の条件に合う仕事も紹介できないから、一般《いっぱん》的なアドバイスしかしてないけど」

離婚という言葉に頭をがんと殴《なぐ》られた気がした。腕に絡《から》んだ彼女の手が脳裏《のうり》を過《よ》ぎり、彼女が理央に相談したのは、弁護士や仕事の紹介が目的ではないのではないかと勘繰《かんぐ》ってしまう。取られてしまうかもしれないという恐怖《きょうふ》で、目の前が暗くなった。

「世宗？」

足を止めると、理央が俺の名前を呼んだ。

「高梨さん、これから、ホテルに行きませんか？」

「どうしたの？　いきなり」

「付き合って、もう一ヶ月以上経ちます。だから、それなりのことをしませんか？」

先日、彼の部屋に泊《と》まったときに覚悟《かくご》していた件を持ち出すと、理央は困った顔をした。

理央が俺と付き合っている理由は、未《いま》だによく分からないままだ。

恐《おそ》らく彼女より理央の方が賢《さか》しいが、彼女の方が狡《ずる》い。だから彼女が理央の同情心を刺激《しげき》したり、体で陥落《かんらく》しようとしてきたとしても堂々としていられる根拠《こんきょ》が欲しかった。

「心配しなくても、彼女とはもう会わないよ。今日だって、他《ほか》の友達も来るって聞いてたから来ただけで、じゃなきゃ世宗と付き合ってるのに、昔の恋人と二人きりで会ったりしない」

その言葉を信じ切れなかった。彼女は子供の頃《ころ》よりもずっと綺麗《きれい》で、理央にも好意を持っている。何より彼女は女性で、理央は元々そちらの方が好きなのだ。

「だから伊織に対抗《たいこう》するみたいに、そんなことしなくていい。世宗に無理強《むりじ》いはしたくない。最初のあれは、俺も少し反省してる」

理央の台詞《せりふ》に後悔しているの間違《まちが》いじゃないのか、と尋《たず》ねたくなる。彼が俺と付き合った理由は、体を繋《つな》げたことへの責任感か、もしくは同情なんじゃないかとずっと疑っていた。

「俺に、触《ふ》れたいとはもう思いませんか?」

自信は無い。誘《さそ》い方も知らない。だけどどうにか彼を自分の方に引き戻《もど》したかった。

「触れたいけど、そんな理由でしたくない。俺が本当に世宗のことを好きだって、世宗が信じてくれるまで、待つよ」

それなら俺を好きだという理由を教えて欲しい。だけど怖《こわ》くて訊けなかった。

俯《うつむ》いたまま「信じてますよ」と口にすると、理央は溜《た》め息を吐《は》き出す。

彼の言い訳は全て詭弁で、もしあそこで俺と顔を合わせなければ、彼女と一緒《いっしょ》にホテルや互いの家に向かったんじゃないかと、嫌《いや》な想像が噴《ふ》き出す。針が刺さった場所から、心臓が腐《くさ》り始め、そこから醜《みにく》い感情が溢《あふ》れてくる。こんなに好きなのに、上手くいかない。

「もし本当に俺が好きなら、彼女がどうなっても構いませんよね」

脅《おど》しめいたことを言うつもりはなかったのに、気づけばぽつりと零《こぼ》れていた。

その瞬間《しゅんかん》、理央の雰囲気《ふんいき》が変わる。間違ったのは分かっていたのに、言葉を止められない。

「私は〝不要な枝葉は育つ前に切り落とせ〟と教えられてきました」

それは祖父の口癖《くちぐせ》であり、家訓でもある。子供の頃から従ってきた。だから不要な取引先は切ったし、害のある付き合いも断ってきた。唯一《ゆいいつ》の例外が理央だ。彼だけいればそれでいい。

「伊織に何かするつもりなのか？」

「本当に私のことを好きだというなら、構わないでしょう？」

声は震《ふる》えていただろう。理央があからさまな溜め息を吐き、俺の肩《かた》はびくりと跳《は》ねた。

「もし、それが嫌ならあのときのように、私に触れてください」

そう告げると理央は「そうしないと、信じられないの？」と首を傾《かし》げた。だから頷く。

彼は越智伊織のために受け入れると思った。けれど理央は「何だそれ」と吐き捨てた。

「そんなことしないと信じられないなら、もう駄目《だめ》かもね」

「どういう意味ですか？」

「俺は世宗に信じて貰《もら》えるように努力してたつもりだけど、それでも全然伝わってなかったんだな。信用されないって、結構くるな」

そのまま離れて行きそうな理央の腕を咄嗟《とっさ》に摑《つか》む。

すると彼が「離せよ」と、初めて耳にする冷えた声で俺を拒絶《きょぜつ》した。

途端《とたん》に縫《ぬ》いつけられたように、体が動かなくなる。腐りかけの心臓がじわじわ凍《こお》っていく。

「世宗と喧嘩《けんか》したくないし、色々整理したいから、今日は帰る」

「整理って、関係を、ですか？」

声が震えて、ざわりと胃の奥が動く。力の入らなくなった指先が何も答えない彼から離れ、俺は去っていく背中を見てただ立ち尽くすことしか出来なかった。

◇◇◇

シュレッダーには「紙詰《づ》まり注意」と書いてある。トナーには「インク漏《も》れ注意」と書かれているし、食堂のサーバーには「熱湯注意」と貼《は》ってある。世の中は注意することだらけだ。

だけど恋愛《れんあい》に於《お》いての注意事項《じこう》は、誰《だれ》もこんな風に分かり易《やす》く明示してはくれない。

「菱守くん、菱守くん、それたくさん判子付いてるけど、ジャミジャミしちゃって良いの？」

教育係の訝しげな視線の先を追い、自分の手元に視線を落とす。

「え？　ああ、これは稟議書《りんぎしょ》なので、駄目ですが……どちらにせよもう手遅《ておく》れです」

シュレッダーに半分近く飲み込まれた書類の先は細切れになっている。今更間違《いまさらまちが》っていることが分かっても、引き返せない。時間を巻き戻す魔法《まほう》の道具は、今のところ開発されていない。

もしあるなら今すぐに土曜日の夜に戻って、過去の自分を殴ってでも諭《さと》すだろう。いや、戻るべき時間はもっと前かもしれない。いっそ彼と出会った子供時代に立ち返り、ラジコンを持ち出した実豊を追わずに、部屋で膝《ひざ》を抱《かか》えたまま理央と出会わなければいいのかもしれない。

そうすればこんな空虚《くうきょ》な気持ちを引き連れて、この先の人生を歩んでいかずに済む。

「ちょ、菱守くん？　きゃあ、その下にあるの契約書《けいやくしょ》よね⁉」

「あらゆる物が無に帰するという教えは、どこの宗教でしたでしょうか」

「何があったか知らないけど、駄目よ⁉　それ無に帰しちゃ駄目な書類よ⁉」

「そうですか。でもこの世に本当の意味で必要なものなんて、あるのでしょうか」

「や、止《や》めて！　もう止めて！　何があったか知らないけど、止めて！」

教育係に強引《ごういん》に持っていた書類を奪《うば》われ、デスクに連行される。

月曜日は、会社を休んだ。その翌日も休んだ。最初の二日はまるで何もやる気が起きなかった。何もかもが面倒《めんどう》でどうでもよかった。風呂《ふろ》にも入らず、食事もしなかった。

今朝、見かねた柳野が食事を持って部屋に来た。強制的に朝食を口に詰められた後で、身支《みじ》度《たく》を整えられ、糸の弛《ゆる》んだ操《あやつ》り人形のような状態で、会社まで連れてこられた。

『何があったか知りませんが、とにかく今日は会社に顔を出してください』

柳野はそう言って俺を車から降ろした。逆らう気力もなかった。会社に来ても、ろくに仕事をする気にならず、デスクでぼんやりしたまま働かずに居たが、周囲は何も言わない。

菱守の名前に守られているから酸素を二酸化炭素に変換《へんかん》する作業だけで給料が貰えるようだ。そうと知っていたら、最初からそうしたものを。誰も教えてくれなかったので、無駄《むだ》に仕事を頑張《がんば》り、大口の契約を結ぶために奔走《ほんそう》してしまった。

「廃人《はいじん》みたいになってない？　何アレ、何があったの？　私達の格好いい菱守くんを返して」

「でも窶《やつ》れてるのもそそるかも。ネクタイしてない菱守くんもワイルドで格好良くない？」

同じ部の女子社員が俺について話しているが、どうでも良かった。好きにすればいい。

仮に明日、地球の自転が止まって全てが滅ぶとしても、俺は気にも留めないだろう。

そんな調子で午後に、取引先から入金額の問い合わせを受けたときにも「適当で結構です」と答えていたら、流石《さすが》に部長に呼び出されて怒《おこ》られた。地球レベルでどうでもいいのだから、数千万単位の入金額なんて心底興味がない。そんな端金《はしたがね》で潰《つぶ》れる会社なら潰れてしまえばいい。

しかし虚《うつ》ろな気持ちで話を聞いていたら、部長は一転心配した様子で「何かあったのか？」と俺の目を真っ直《す》ぐに見つめる。誤魔化《ごまか》すのも面倒で、素直《すなお》に「恋人《こいびと》に捨てられました」と答えた。

「⁉　そんな理由で仕事を二日もさぼったのか！　そんなんだから振《ふ》られるんだ！　大体、男なら、振られたら相手に惚《ほ》れ直させるぐらいやってみせろ！」

「もう終わりました。今更《いまさら》何をしても無意味です」

勿論《もちろん》、この結末は始まったときから予想はしていた。夢はいつか醒《さ》めるものだ。だけど一度でも夢の世界に足を踏《ふ》み入れてしまったら、元通りには戻れない。

「何を消極的な……。あのな、よく別れたくっついたってやってるだろ。離婚までした夫婦《ふうふ》が同じ相手と再婚《さいこん》するなんてこともざらにあるぞ。だけど、お前がそんな態度だったら、相手は戻ってこない。男なら一皮剝《ひとかわむ》けて大きく成長して、再び相手に交際を申し込みに行け！」

「これ以上、どう成長すればいいのですか？」

「なんで落ち込んでるのに、自信満々なんだ。そういうところが駄目なんじゃないのか？」

確かに性格に問題があるのは自覚している。だからこそ、あんな発言をしてしまった。

加えて、今までの人生で誰とも交際して来なかったことも敗因の一つだ。経験値が低いから、嫉妬心《しっとしん》を上手く制御《せいぎょ》できないのだろう。しかし理央以外の誰とも、そんな関係になりたいと思わなかったのだから仕方ない。越智との関係を下手《へた》に追及《ついきゅう》した挙げ句、体で繋ぎ止めろと言っていた同僚《どうりょう》の言葉を思い出し、勇気を振り絞《しぼ》って誘ったが、余計に怒らせてしまった。

——でも、俺の体の具合が良かったなら、彼を引き留めることはできたのかもしれないな。

益体《やくたい》もないことを考えていると、部長は困った顔を隠《かく》さずに頭を掻《か》いて、「とにかく、仕事だけはまともにしてくれ。家の名前に泥《どろ》を塗《ぬ》りたくはないだろう」と忠告して離《はな》れていく。

しかしデスクに戻っても、仕事は一向に捗《はかど》らない。遅《おそ》くまで残業したものの作業は遅々《ちち》として進まず、見かねた教育係に今日はもう帰るようにと労《いたわ》られて、オフィスを出た。

誰かの言葉に従うことには慣れている。理央と出会うまではずっとそうだった。

元に戻っただけだ、と思いながら柳野が待っているはずの地下駐車場《ちゅうしゃじょう》に向かった。

何時に戻るとは伝えていないが、俺の様子を心配していたから、きっと待っているだろう。

とぼとぼ歩いていると、不意に「世宗」と呼ばれる。振り返らずとも、声の主は分かった。

「おい、置いていくなよ。ずっと待ってたんだぜ？」

そう言って俺の横に並んだ実豊を見ても、面倒という感情すら動かない。

「また金か？」

「違《ちが》うって。何度も連絡《れんらく》したのに、お前が出てくれないから、わざわざ来てやったのに」

私用の携帯《けいたい》はずっと見ていないので、実豊から連絡があったとしても分からない。

知っていたとしても、折り返しはしなかっただろう。そういえば実豊の調査報告が来ていたが、確認《かくにん》していない。どちらにしろ理央との関係が崩《くず》れたので、脅しは効力を失した。

「金以外で、一体俺に何の用がある？」

「従兄弟《いとこ》同士の話がある。大事な話だ」

どうせろくな話じゃないと、無視して人気《ひとけ》が殆《ほとん》どない地下駐車場に足を踏み入れる。

端《はし》に柳野の車が停まっているのが見えた。流石に実豊は車の中まではついて来ないだろう。

ようやくこの鬱陶《うっとう》しい男と別れられると思ったときに、肩を摑まれて足が止まる。

「お前はもう従兄弟ではない。菱守の名前を名乗るなと、祖父から言われただろう？」

俺の台詞《せりふ》に、一瞬《いっしゅん》実豊は怯《ひる》んだものの、すぐに「強気だなぁ」と皮肉げな笑《え》みを浮《う》かべた。

「俺にそんな態度とっていいのかよ。男と付き合ってるって、身内に知られたら困るだろ？」

「もう終わった話だ」

「へぇ、じゃあ今は誰とも付き合ってないのか。それなら俺が相手してやろうか？」

「何を言っているのか、よく分からないな」

本心だったが、実豊はとぼけてると思ったのか、肩を摑む手を強めた。

僅《わず》かに痛みを覚えて腕《うで》を振り払《はら》おうとしたときに、実豊は「だからさぁ」と粘《ねば》つくような不快な声で「俺の方が、お前が付き合ってた奴《やつ》より良いだろ？」と意味不明なことを口にする。

「俺はさぁ、お前のこと昔からいいと思ってたんだよ。年取って可愛《かわい》げがなくなったけど、でも顔は昔から綺麗《きれい》なまんまだし。まぁ、男でもなんとかなるだろ」

目の前の男が検分するように顎《あご》に触《ふ》れる。気味の悪さにぞっと鳥肌《とりはだ》が立ち、手を振り払う。

実豊はその仕草に腹が立ったようだが、すぐに取り繕《つくろ》った笑みを浮かべてみせる。

「俺が相手してやるから、お前はその見返りにじじいに俺の絶縁《ぜつえん》を解くように進言しろ」

「それが従兄弟同士の話か？」

実豊は肩を竦《すく》めて「お前は俺と付き合えるんだから。見返りにしちゃ安いだろうが」と笑う。

ふと部長に言われた台詞を思い出す。こんなときでも自信満々というのは、菱守の人間全《すべ》てに共通する表現らしい。確かにこれは腹が立つな、と性別と国籍《こくせき》ぐらいしか理央と共通点のない目の前の男を眺《なが》める。感情の赴《おもむ》くまま、何か致死《ちし》性の高い言葉を投げつけてやろうと思った。

しかし「男が相手じゃ、相手を見付けるのも大変だろ？　誰にも触れて貰《もら》えない体を、慰《なぐさ》めてやろうって言ってるんだ」と告げられた瞬間《しゅんかん》、針が刺《さ》さり過ぎて腐《くさ》った心臓がとくりと動く。

理央がこの体を欲しがらなかったことを思い出した。彼にはもう、一生抱《だ》いて貰えない。

思わず自嘲《じちょう》気味な笑みが漏れる。実豊はそれを都合良く解釈《かいしゃく》したのか「なんなら、一緒《いっしょ》に暮らしてやってもいいぞ」と言った。どうやら住む場所にも困っているようだ。

能力もないのに経営者ごっこをするからだ、と呆《あき》れながら溜《た》め息を吐《つ》く。

「なんだよ、まだ前の奴に未練があるのか？　なんならそいつ、俺が潰してやろうか？」

実豊は舌打ちをした後で、にやつきながらそう吐き捨てた。

先日俺が理央に対して言った台詞に似ている。これでは彼が怒るのも道理だ。こんなことを言う奴を、傍《そば》に置きたいわけがない。他人の口から聞くと、改めて品性の卑《いや》しさがよく分かる。

「理央に何かしたら、俺はお前を殺す」

まるで真剣味《しんけんみ》に欠けた淡々《たんたん》とした声だったが、本気だった。もはや恋人ではなくなってしまったが、彼に対する気持ちには何の変化もない。たぶんこの先もずっと好きで居続けるだろう。仮に理央が他《ほか》の誰《だれ》かと恋人関係になり、結婚《けっこん》をしたとしても。きっと気持ちは変わらない。

「俺が何かしなくても、じじいがするだろ。昔の男にも、口止めは必要だしな」

もう別れているのだから、祖父が理央に何かするとは思えないが、万が一ということもある。幻滅《げんめつ》された上に迷惑《めいわく》までかけたら、ますます理央に疎《うと》まれる。

馬鹿《ばか》にしていた実豊が、意外にも要点を上手《うま》く押さえて脅《おど》してきたことに、焦《あせ》りが生まれた。

その小さな感情の揺《ゆ》れに気づき、目の前の男が畳《たた》みかけるように「それにゲイの総領なんて、菱守の人間がどう思うか分かるだろ？」と嗤《わら》ったが、そちらはどうでも良かった。

「ばらされたくなきゃ、じじいに進言しろ。そうすれば昔の男を見逃《みのが》してやるし、お前の体の相手もしてやる。お前にとっては、いいことばかりだろ？」

馬鹿みたいな提案だ。実豊は今にも舌なめずりをしそうな顔で俺の体に視線を這《は》わせてくる。

「ゲイじゃないのに、絶縁を解くためだけに俺と寝《ね》るのか？」

純粋《じゅんすい》に腑《ふ》に落ちずに尋《たず》ねると、実豊は「子供の頃《ころ》から、お前を虐《いじ》めるのは楽しかったからな。今度はベッドの上でたっぷり可愛《かわい》がってやるよ」と、好色な笑みを浮かべ、再び俺の腕を摑《つか》む。

こんな奴と肌《はだ》を重ねるなんて冗談《じょうだん》じゃない。どうせもう二度と彼に触れられないなら、誰《だれ》にも触れられないままでいたかった。この体《からだ》に触れるのは理央だけでいい。あのときの記憶《きおく》を、誰にも上書きされないように、大事に持っていたかった。だけど理央に累《るい》が及《およ》ぶぐらいなら、自分が犠牲《ぎせい》になることなんて何でもない気がした。

実豊の交友関係は余り褒《ほ》められた物ではない。理央や高梨製作所に何かされたら、困る。

「分かった」

理央に実豊が関わらないのなら、後のことはどうでもいい。どうせ俺はこの先も誰かの操《あやつ》り人形だ。菱守の当主に座るまでは祖父と父の言いなりだ。今更《いまさら》、そこに実豊一人が加わったところで何も変わらない。それにもう何も考えたくない。いくら考えても望む結果にはならない。

半ば自暴自棄《じぼうじき》に了承《りょうしょう》した。しかし実豊の顔に浮かんだのは喜びではなく恐怖《きょうふ》に近かった。

「何が分かったの？」

実豊の表情を訝《いぶか》しく思うより先に、冷めた声が耳に届き、はっとして背後を振り返る。

そこには作業服姿の理央が立っていた。一体何故《なぜ》彼がここにいるのか、考えるより先に不機嫌な顔を見て、自分が何かまた致命的《ちめいてき》な失敗をしたのだと気づく。理央に先程《さきほど》の会話を聞かれたのかと考えたら、これ以上落ちようがないと思っていた気分が更《さら》に落ちる。

自分の体を何かの取引材料に使うなんて、きっとふしだらな人間だと思われたに違いない。

しかも相手は血縁者《けつえん》だ。菱守の澱《おり》を見られて言い訳も出来ずに固まっていると、俺に触れている実豊の手を見て、理央は静かだが怒《いか》りを籠《こ》めて「俺の恋人に、何してんの?」と口にした。

——恋人?

こんなときだというのに、恋人だと言われて涙《なみだ》が出るほど嬉《うれ》しかった。まだ終わっていなかったのかと救われた気分になる一方で、先程の会話を聞かれてしまった以上今度こそ彼はその関係を考え直すかもしれないと想像し、余計に泣きたくなる。

すると腕を摑む実豊の手が強くなった。思わず痛みを覚えて顔を顰《しか》めると、理央が俺達の間に入り、守るように俺の体に腕を回した。作業着から微《かす》かにオイルの匂《にお》いがして、嗅《か》ぎ慣れた匂いと彼の腕の強さに涙腺《るいせん》が弛《ゆる》んで、こんな状況《じょうきょう》だというのに縋《すが》り付きたくなる。

「な、なんだよ、お前には関係ないだろ。これは肉親同士の話し合いだ」

実豊の台詞に理央は何も言わずに、ふっと笑みを浮かべて「話は、柳野さんから聞いてる」と口にした。それを耳にして、ようやく俺は彼がここにいる理由に気づく。

俺のことを心配していた柳野が彼を迎《むか》えに行き、ここに連れてきたのだろう。

「使用人が何だよ、世宗が取引に応じたんだ。関係ない人間は、さっさと帰れよ。俺が誰だか分かってるのか? お前らみたいな貧乏人《びんぼう》を潰《つぶ》すのなんてわけないんだぞ」

「誰なんだよ、言えよ」

理央がそう返した瞬間、実豊が唇《くちびる》を開く。そのとき、とんっと彼の腕の中からおしやられる。

俺が体勢を整えて振り返ると、彼が何の気負いも感じさせない自然な動作で、実豊の顔面に

高梨製作所

拳《こぶし》を叩《たた》き込む所だった。

ひゅ、と息を吸う。自分の呼吸音の次に聞こえてきたのは、殴《なぐ》られた男が高級車にぶつかり、盗難《とうなん》防止のサイレンがけたたましく鳴り響《ひび》く音だった。

凹《へこ》んでしまったボンネットに凭《もた》れたまま、口に両手を当てて前屈《まえかが》みになりながら呻《うめ》いている実豊に近づくと、理央は「悪いな、聞こえなかった。もう一度言え」と髪を摑《つか》んで命令する。

実豊は白い指の隙間《すきま》から唾液《だえき》混じりの血を零《こぼ》して、酷《ひど》く怯《おび》えた目で彼を見上げた。

不意に結美が以前、理央は容赦《ようしゃ》がないと言っていたことを思い出す。

「理央」

思わず本人の前では一度も呼んだことのない名前を口にする。

理央はそれでも俺を振《ふ》り返ることはなかった。彼の実豊に対する暴力を止《や》めさせるために、慌《あわ》てて腕を引いて「これ以上は、高梨さんのためにも止めてください」と震《ふる》えながら告げる。

「〝不要な枝葉は育つ前に切り落とせ〟だっけ？　それ、一理あると思うよ」

その台詞に震えた実豊は痰《たん》が絡《から》んだような、不明瞭《ふめいりょう》な声で「ま、待てよ」と慌てたように口を押さえたままずり上がろうとして失敗し、その際にボンネットがぼこりと音を立てた。

「なぁ、あんた知ってるのかよ。そいつに、守る価値はないって」

起死回生を狙《ねら》って実豊が暴《あば》く秘密を前に、心臓の音が大きくなる。目の前に立つ理央の背中を見つめ、恐《おそ》ろしくて逃《に》げ出したい気分になったが、足は縫《ぬ》いつけられたように動かない。

とうとう全てをばらされると絶望的な気分で、震える吐息《といき》を飲み込む。いつの間にかサイレンは鳴り止み、不明瞭なはずの実豊の声は奇妙《きみょう》なくらいよく響いた。

「そいつ、あんたのこと探偵雇《たんていやと》ってずっとつけ回してたんだぜ？　もう六年以上、ストーカーしてるって知ってたか？　知らないよな。知ってたらそんな相手とは、付き合わないだろうしな。あんたも調べて、あんたの写真もたくさん集めてるんだぜ？　変態だよ、そいつ」

事情がばれたのは六年前だ。だからこいつはその頃からだと思っている。実際は十五年だ。しかし年数がどうであれ、嫌悪感《けんおかん》を覚えることには変わりないだろう。これが実豊の讒言《ざんげん》だと、嘘《うそ》を吐くことはできなかった。瞼《まぶた》を伏《ふ》せて、俺も殴られるかもしれないと覚悟《かくご》する。

今にも作業着を来た背中が振り返り「気味が悪い」と糾弾《きゅうだん》してくる様を想像し、震えた。

「知ってる」

けれど彼は振り返らないまま、顔を血で汚《よご》した男を見下ろして嗤《わら》う。

「……は？」

声を出したのは実豊だった。俺は、理央の返答に声も出せずに固まる。頭が真っ白になった。

「全部知ってて、付き合ってる」

「……あんたも、変態仲間かよ」

自分のストーカーと付き合うなんて普通《ふつう》じゃない、と続ける実豊は挑発《ちょうはつ》するように卑猥《ひわい》な言葉や罵詈雑言《ばりぞうごん》で理央を煽《あお》った。理央はその様を静かに見下ろすと、実豊と視線を合わせるために膝《ひざ》を曲げる。近距離《きんきょり》に顔を近づけられて、実豊はびくりと肩《かた》を震わせて黙《だま》った。

「今度この子をいじめたら許さないと言ったよな？」

既視感《きしかん》のある理央の台詞《せりふ》に、何かに気づいたように実豊が「あ、……あ!」と声を出す。

「お前、あのときの奴《やつ》……か」

実豊は俺が二度目に理央に助けられたときのことを思い出したようだった。

しかし驚《おどろ》いたのは俺も同じだ。あの日のことを理央が覚えているなら、ストーカーだと知っていたというのも、実豊の手前で合わせただけではなく、本当なのかもしれない。

だけど、だとしたら何故《なぜ》再会したときに初対面のふりをしたのだろう。何故俺がストーカーだと知っても問いつめなかったのだろう。何故、俺と付き合ってくれたのだろう。

「あのときの約束を思い出したか?」

実豊はさあっと青ざめた。その顔を見て、理央が穏《おだ》やかな笑《え》みを口元に浮《う》かべる。しかし目は凍《こご》えるほど冷えて、先程まで俺に嫌《いや》みな態度で取引を持ちかけてきた男を、見下ろしていた。

「思い出したなら、ちゃんと約束は守れるよな?」

実豊は引きつった顔で黙り込んでから、負け惜《お》しみのように「俺が動かなくてもじじいが動くだろうよ」と白い欠片《かけら》と一緒《いっしょ》に唾《つば》を吐《は》いて、理央から視線を逸《そ》らした。

すっかり戦意を喪失《そうしつ》した実豊から視線を逸らすと、理央が俺の背中を押して歩き出す。

訊《き》きたいことは色々あった。

一体いつから知っていたのか、何故こうして助けてくれたのか。まだ俺を許してくれるのか。

焦って何から聞いたらいいのか分からずにいると、理央は「帰ってから話そう。言っておくけど俺、結構怒《おこ》ってるから」と、終わりを予感させるような酷く硬《かた》い声で、口にした。

新居に引っ越《こ》すまでの間の繋《つな》ぎだったから、ホテルの部屋に拘《こだわ》りはなかった。元々住居には興味がない。今まで唯一《ゆいいつ》条件としてあげていたのが「理央の家の近く」ということだった。

彼の家に近過ぎないという条件下で、親族がよく利用する馴染《なじ》みのホテルを柳野が用意したときも特に不満はなかった。だけど今はもっと広い部屋を頼《たの》んでおけば良かったと後悔《こうかい》している。

◇◇◇

投げ出されるようにベッドに座らされ、理央は向かいのソファに座った。逃げ場のない距離《きょり》に、捕食者《ほしょくしゃ》を前にした獲物《えもの》のように体が竦《すく》む。

「高梨、さん」

俺を見る彼の目が怖くて名前を呼ぶと、「なんか弁解することある？」と訊かれる。

怒ってるという言葉通り、刺々《とげとげ》しい声だった。その声を聞いただけで、また涙がじわりと滲《にじ》む。彼が何を考えているか、分からない。ホテルに来るまで、車の中では無言だった。

車をホテルの前につけた柳野に、礼を口にした程度だ。

「泣いてても分からないから、説明して」

「はい」

頷《うなず》いたはいいが、どこから話せばいいのか纏《まと》まらない。頭は相変わらず混乱したままだ。

俺にもたくさん訊きたいことはあったが、理央の誤解を解く方が先だ。しかし一体何を弁解すればいいのか分からずに黙っていると、彼が溜《た》め息を吐いたので、余計に言葉を失う。

「さっきの男と本気で浮気《うわき》する気だった？」

焦《じ》れた理央の方から振ってきたので、慌てて首を振る。

「じゃあさっきの男への返答は何？」

話したら軽蔑《けいべつ》されることは間違《まちが》いない。だから真実を語るのは恐ろしかった。だけど話さなければ、彼の怒りが増すばかりだということは分かっていた。

「もし、祖父に知れたら、高梨さんに迷惑《めいわく》がかかります。それに、もう高梨さんの恋人《こいびと》でないなら、俺の体に口止め材料となるだけの価値があるなら、それでも構わないと思ったのです」

揺《ゆ》れる声で正直な考えを披瀝《ひれき》すると、理央の視線が鋭《するど》くなった。瞬《まばた》きをすると眦《まなじり》から涙が零《こぼ》れる。理央は不意に近づいてくると、俺にその手を伸《の》ばす。びくりと肩が震えたが、その手は涙を拭《ぬぐ》っただけで、酷い触《ふ》れ方はされなかった。

「それが浮気なんだって。そんな簡単にあんなのに抱《だ》かれるの？」

優《やさ》しい指先に反して、苛立《いらだ》った声にゆるゆると首を振る。すると今度は「なんで脅《おど》されてるって俺に相談しないんだよ？」と怒《おこ》られた。

最初に実豊に脅されたときは、自分で対処できると思っていた。それに理央にストーカーのことをばらされるのが怖かった。知られたら、捨てられると恐《おそ》れていた。

「俺は、そんなに信用できない？」

「そういうわけでは、ないです」

「そうだろ」

低い声で責められて、またスンと鼻が鳴る。無意識に口元に手をやると、その手を摑《つか》まれた。

「俺がどんな気持ちか分かる？」

彼が何を考えているかなんて、俺には分からない。けれど首を振ったらまた怒られる気がして、「ごめんなさい」と告げると「謝って欲しいわけじゃない」と言われ、また眦を拭われた。

流れる涙《なみだ》を止められずにいると、理央が溜め息混じりに「それ、狡《ずる》い」と呟《つぶや》く。

「何が、ですか？」

何かいけないことをしているのかと、身を竦《すく》ませると「そんな風に泣かれると責められなくなる」と言った彼の手が、宥《なだ》めるように髪《かみ》を撫《な》でた。

「俺は世宗のことが大事だから、心の準備が出来て、信用して貰《もら》えるまで抱きたくなかったし、俺なりに色々我慢《がまん》してたんだけど、なんで他《ほか》の男に唆されて簡単にやらせようとしてんの？　なんで勝手に、別れたことにしてるわけ？」

その言葉にこんなときだというのに嬉《うれ》しくなって顔を上げると、理央は困った顔で俺を見下ろしていた。

「連絡《れんらく》しても出ないから、心配した」

その言葉に驚きながら「だって、考えたいと」と口にする。

「喧嘩《けんか》しただけで、別れたわけじゃないだろ？」

「……捨てられたのだと、思ってました」

「俺って、そんなにあっさり忘れられるぐらいの存在なの？　俺は、無理だけど。もし世宗が別れるつもりだったとしても、今更《いまさら》他の男の方がいいとか言われても、別れる気ないよ」

拗《す》ねたような声に、じわりと頬《ほお》が赤くなった。もしかして彼も俺を求めてくれていたんだろうかと、熱に浮かされた目で見上げると「まだ信用できない？」と訊かれる。

首を振《ふ》りたいが、それでも理央が俺を想《おも》ってくれているということに実感が湧《わ》かない。

「俺は、越智伊織に勝てるものが何もありません。高梨さんに知られたら、幻滅《げんめつ》されるようなことをたくさんしました。あなたが信用できないわけではなく、自分があなたに好かれているということが、信じられない」

声が震えた。もっと早く、尋《たず》ねておくべきことだった。何せ彼が自分を好きになる要素なんて一つもないのだ。夢でないというなら、納得《なっとく》ができない。女性が好きな理央が、俺を選んでくれる理由なんて、どこにもない。菱守の力が目当てだという方が、まだ腑《ふ》に落ちる。

理央は俺の頭を撫でながら「伊織とはあれ以来会ってないよ」と口にした。

「俺が世宗のことを好きになった一番の理由は、世宗が俺のことを好きでいてくれたからだよ。俺が失敗しても挫折《ざせつ》しても、ずっと世宗が俺のことを好きでいてくれて、そのことにすごく救われた。世宗の存在や送られてくる手紙が、支えだった。それが俺の自信になった」

「あれが、俺からだと知ってたんですか？」

そう訊《たず》ねると理央は「だって俺の知り合いは手紙なんて送らないし。高そうな便箋《びんせん》を使って難しい言葉で毎日毎日俺に手紙を送ってくれる子なんて、世宗以外想像できなかった」と笑う。

「気味が悪いとは、思わなかったんですか？　俺が、ずっとあなたを見ていたことを」

「確かに最初は、男に好かれてることに抵抗《ていこう》はあった。でも、嫌悪感《けんおかん》は最初からなかったかな。だから傷つけないように断らなきゃって考えてたんだけど、一向に告白してこないし、手紙も来なくなって、俺の方が気になってた」

「……大学はどうしても親の母校に行かないといけなかったので、日本から離《はな》れたんです」

生で理央の姿を見たら、二度と大学に戻《もど》れなくなると思ったから、在学中は滅多《めった》に日本に帰らなかった。探偵《たんてい》から送られてくる写真と、結美からの航空便だけで満足していた。

「会えなくなって、直接会って話しておけば良かったって後悔した。世宗以外の奴が相手だったら、そんな風には思わなかったかもしれないけど。ようやくちゃんと会えてからは素っ気なかったから、もう気持ちが離れたのかと思って、結構悲しかったな」

理央の言葉に首を振る。気持ちが離れたわけじゃない。そんなことはこの先もありえない。

「でも、諦《あきら》めるつもりはなかった。もう一度時間がかかってもいいから、好きになって貰いたいと思った。あの頃《ころ》、結美と仲が良いのを見て、結構嫉妬《けっこうしっと》してたんだ」

彼の指が頬を滑《すべ》って唇《くちびる》をなぞる。唇で触れて欲しいと思った。だけど、彼の気持ちをもっと聞きたい。薄《うす》く開いた唇で、彼の指を柔《やわ》らかく嚙《か》んで二つの欲求《よっきゅう》に折り合いを付ける。

理央の指はしばらくその場に留《とど》まってから、形を確かめるようにゆっくりと動いた。

「弱みに付け込むみたいに付き合うようになったけど、それからはもっと好きになった。俺なんかのことで一喜一憂《いっきいちゆう》してるのがかわいくて健気《けなげ》で、触れたくて堪《たま》らなかった。でも、怯《おび》えさせないようにってそればっかり考えてた。二度目は、世宗が俺を信頼《しんらい》してからにしたかった」

彼の指は唇を離れて顎《あご》に触れ、そして喉《のど》に落ちてシャツとタイの間で止まる。

「世宗が、今までのことを話してくれるのを待ってた。俺が暴《あば》くのは簡単だったけど、そうじゃなくてちゃんと全部、世宗の口から聞きたかった。だから信用されるまで待とうと思ったけど、伊織のことで不安がってるのが分かって、どうしたらいいか自分なりに考えたかった」

そう述懐《じゅつかい》されて、あのとき彼が背を向けたまま俺に告げた台詞《せりふ》が蘇《よみがえ》る。

「まだ、信用できない？」

そう言った彼の指が離れそうになり、慌《あわ》てて握《にぎ》りしめた。

今離してしまったら、二度と触れて貰えない気がして、「私が高梨さんを好きでいる限り、高梨さんは私のことを好きでいてくれるんですか？」と尋ねる。

理央は苦笑《くしょう》して「そこまで単純じゃない。たしかにきっかけは、そうだったけど。世宗がもう俺のこと好きじゃなくなったとしても、俺は世宗のことが好きだよ。かわいいところも、頑《がん》張《ば》ってるところも全部知ってるから。だけど他の男に簡単に触れさせようとしたのは、まだ許せない」と口にして、望んだ物を唇に与《あた》えてくれる。

確かめるように触れられて、指の代わりに舌が這《は》う。くちづけだけでひび割れていた体が潤《うるお》っていく。針が刺《さ》さって腐《くさ》った心臓が、生まれ変わるように強く鼓動《こどう》しはじめた。

「あ……っ」

気づけばベッドに押し倒《たお》され、彼の手が体を這う。理央の手が服の上から腰《こし》を撫でるのを感じ、うっとりと瞼《まぶた》を閉じかけて、自分がシャワーも浴びていないことを思い出す。

「た、か、……んっ、ん……っ、ぁ」

理央の手は乱暴に服の中に入り込み、足の間に入った膝《ひざ》で股間《こかん》を押される。このまま流されてしまいたいという想いもあったが、この三日間殆《ほとん》どろくに体を洗っていない。今朝は強引《ごういん》に柳野に浴室につれて行かれたが、流石《さすが》にいい歳をして体を洗って貰うようなことはなかった。

「んっ、や」

そのことに気づいて思わず顔を背《そむ》けると、すぐにまた唇《くちびる》を塞《ふさ》がれた。くちづけの間もジャケットを剝《は》ぎ取られシャツを脱《ぬ》がされていく。こんなときも彼の指先は器用で、気づけばベルトも外されていた。その指が下着に触れたのが分かり、今度こそ抵抗する。

「高梨さん、体、汚《きたな》いです。洗ってないから、だめ……です」

けれど恥《はじ》を忍《しの》んで告げた台詞は、唇に吸い取られてしまう。

一度目よりも乱暴な手つきに戸惑《とまど》って、首を横に振る。彼に触れて貰えるのは嬉しい。二度とないと思っていただけに、体は歓喜《かんき》に震《ふる》えるが、理央に抱かれるには準備が必要だった。体を清めて、不快感を抱《いだ》かれないようにしなければと、彼の肩《かた》に手を掛《か》けておしやろうとしたが、相変わらず俺の力じゃ理央を止めるには至らない。

「高梨さん、や、めてください」

嫌《いや》だと言っているのに、彼の手が下着の中に入ってくる。そのまま脱がされて、汚い場所が彼の目前に晒《さら》されて、羞恥《しゅうち》に体が火照《ほて》った。せめてとばかりに足を閉じようとすると、強引に開かされて、見られていることに耐《た》えられなくなる。

少しでも隠《かく》そうと伸《の》ばした手は、両方とも理央の手に捕《と》らえられた。そのまま顔を寄せてきた彼に顕《あら》わになった胸の先を嚙まれ、小さな悲鳴が漏《も》れた。

「っぁ」

すぐに舌で慰《なぐさ》められたが、嚙まれた所はじんと痛む。以前耳を嚙まれたときよりもずっと強い力に、痕《あと》がのこるかもしれないと思った。懸念《けねん》していると二度三度と嚙まれて、そこに熱が宿り始める。最初は柔らかかった場所が芯《しん》を持って硬《かた》く痼《しこ》り、理央の舌に反応する。

「た……か、っ、や……っ、汚いから、待っ……て」

「嫌《きら》いにならないから。大丈夫《だいじょうぶ》だから、このままさせて」

獰猛《どうもう》な本性《ほんしょう》を無理に押し殺しているような、掠《かす》れた声だった。

駄目《だめ》だと思えば思うほど、彼に触《ふ》れられた場所は歓喜してはしたなく熱を集める。荒《あ》れた手で扱《しご》かれると、もう断るための言葉は何も浮《う》かんでこなかった。

だから思わず、「いい？」と訊《き》いてくる声の甘さに誤魔化《ごまか》されて、頷《うなず》いてしまう。

後悔《こうかい》は、彼が顕わになった生殖器《せいしょくき》に顔を埋《うず》めて、すぐにやってきた。

「だ、め」

そんなことをされるとは想定していなかった。そんな風に触れられると分かっていたら、頷いたりはしなかったと悔《く》やんでも、遅《おそ》い。足を手で開かれて、彼の舌がそこに這った瞬間《しゅんかん》、止まったばかりの涙《なみだ》がまた流れる。温かく濡《ぬ》れた舌が敏感《びんかん》な肉に這い、吐息《といき》が荒《あら》くなった。排泄《はいせつ》するための小さな穴の周りを舐《な》められ、「いやです」「だめです」ばかり繰《く》り返す。

首を何度も横に振って、嫌だと伝えた。思い余って彼の肩を蹴《け》ろうとした足が、背中を滑《すべ》り腰《こし》が震える。びちゃ、と舌が立てる音が耳に聞こえると「理央」と、哀願《あいがん》するように名前を呼んだが、彼は止《や》めてはくれなかった。それどころか陰嚢《いんのう》との境目まで落ちた指は、擦《こす》るようにゆるゆるとその部分を刺激《しげき》してきた。「もう、やめてください」と懇願《こんがん》したのに、指で陰嚢を揉《も》み込まれる。優《やさ》しい指先で焦《じ》らすように触れられて、浅ましい熱に苛《さいな》まれた。

「理央、理央、だめ、です」

呼びながら泣いていると、ひく、と喉の奥が引きつる。熱が溜《た》まった下肢《かし》から必死で、意識を逸《そ》らそうとするのに上手くいかない。彼に触れられ、舐められて、羞恥に焦《じ》れた。睾丸《こうがん》を包む柔らかな皮の部分まで舌で濡らされ、知らず噛みしめた歯の奥から唸《うな》るような声が漏れると、彼は再び生殖器に舌を這わせて、飲み込むようにそれを唇の間に受け入れる。

下肢に目を向けることはできなかった。誰《だれ》かの、他《ほか》でもない理央の口の中にそれが全《すべ》て包まれている様は、とても見られない。溶《と》けてしまいそうな官能に、ひたすら瞼を閉じて耐えた。

「ぁ……っ、あ、舌が、や……、やっ、理央」

子供のような頼《たよ》りない声で名前を呼ぶと、先端《せんたん》をゆっくりと吸われて体が震える。口内はあまりに心地《ここち》よくて、舌の僅《わず》かな振動《しんどう》ですら、耐えきれずに吐《は》き出してしまいそうだった。けれど彼の口の中に吐き出すことはできず、どうしようもない状態に解放を求めた熱が、体の内側で暴れる。吐き出せない欲《よく》の代わりに涙が零《こぼ》れて、しゃっくりが漏れた。

「もう、いやだ」

そう言うと、ようやく口が離れた。そのことにほっとして気が緩《ゆる》んだときに、先端を撫《な》でられて、「あ」と息をついた瞬間に全て吐き出してしまう。

飛沫《ひまつ》が彼の顔に飛んだのが見えて、嚙みしめた歯の間から「ふ……っ」と嗚咽《おえつ》が漏れた。

「だ、から、俺、嫌だって……い……っ」

スンと鼻を鳴らすと理央は「嫌も駄目も聞く気ないよ。怒《おこ》ってるって言ったじゃん」と悪びれずに言うと、言葉とは違って優しい仕草で宥《なだ》めるように俺の体を抱《だ》き寄せた。

どこか満足そうな顔を見て、それ以上詰《なじ》れなくなる。だけど恥《は》ずかしいのも居たたまれないのも変わらない。思わず彼から視線を外すと、理央は着ていた自分の服を脱ぐ。

感情が溢《あふ》れていて気づかなかったが、彼はまだ着衣を乱していなかった。

見慣れた作業着を脱ぐ姿をぼんやり見つめていると、彼の張り詰《つ》めた欲望《よくぼう》が目に入った。

見るのは初めてじゃないが、大きく張り出したそれを受け入れることを想像してしまい、無意識に膝頭《ひざがしら》を擂《す》り合わせていると、理央が足首に触れた。

それからするりと囁《ささや》くような触れ方で生殖器を撫でた後、白濁《はくだく》がついた内腿《うちもも》に触れられる。

「っ」

「俯《うつぶ》せになって」

躊躇《ためら》っていたら「乱暴にしたくないから、自分でして」と掠れた声で告げられる。

勿論《もちろん》羞恥心はあったが、俯せになった後は腰だけを上げるように告げられて、それに従う。

余りにも無防備であからさまな体勢に恥ずかしさで体中が赤く染まったが、辛《かろ》うじて耐えた。

晒された場所に理央の濡れた指が触れると、いよいよ羞恥は死にたいほどに膨《ふく》れあがる。見られたくない箇所《かしょ》を、一番見られたくない相手の指で拡《ひろ》げられる。別荘《べっそう》でされたときのように彼の指で馴《な》らされたが、手つきはあのときよりも性急で、時折理央の掠れた吐息が聞こえた。彼が俺の体を求めていると思えば思うほど、恥ずかしいのに体の奥は切なく疼《うず》く。

「ん、ぁ――……ぁ」

二本の指に中をずくずくと突《つ》かれると、思考が濁《にご》り、意志に反して声が漏れ出す。その声と唾液《だえき》に答えるように、理央の指は敏感な場所ばかりを執拗《しつよう》に責めてくる。

「あ、あぁ……っ、や、あ、あ、ぁ」

腰を捻《ひね》って逃《のが》れようとすると、より深く入れられた。理央は根本まで指を埋め、指先で擽《くすぐ》るように奥の粘膜《ねんまく》を撫でる。我慢《がまん》できずに身震《みぶる》いすると、彼はその指を抜き取る素振《そぶ》りを見せ、その途中《とちゅう》で一番敏感な部分をわざと引っ掻《か》いた。あまりの刺激に体が跳《は》ねると、彼はもう一度奥まで埋めてくる。その繰り返しだった。指の規則性を覚えた穴は、抜き取られそうになると次の刺激を予想して、淫《みだ》らにひくつく。そうやって彼の指の形を、覚えようとしていた。

「い、ぁ……っ、りおう、りおう、だめ」

呂律《ろれつ》の回らない俺に、理央が性急に指を抜いて「入れるから自分で開いて」と要求した。意味が分からずに肩越《かたご》しに振《ふ》り返ると、無意識にシーツを握っていた手を引かれる。理央は俺の手を彼が弄《いじ》っていたところに導いた。そこでようやく真意が分かり、頭に血が上る。

「できません、そんな、の」

首を振ると覆《おお》い被《かぶ》さってきた彼が、胸の先を引っ掻いた。充血《じゅうけつ》して張り詰め、放《ほう》って置かれた場所が、痛むように疼く。そして彼の張り詰めた欲望が、双臀《そうでん》の間を擦った。熱くてごつごつしたその感触《かんしょく》に、体が震える。その大きさの分、硬さの分、求められている気がした。

「っ、りおう……ぁ」

引っ張られて、押し込められた尖《とが》りが切なく震える。彼の指は執拗に胸を翻弄《ほんろう》してくる。欲望は擦《なす》り付けられるばかりで、奥には入って来ない。だけど想像した。彼の物が自分の体を満たし、その先に与《あた》えられる快感がどれほどのものか。快感だけでなく、そうして得られる理央との繋《つな》がりを考えると、頭がぼんやりする。欲しくて堪《たま》らないと、体の奥から聞こえてくる声に従うように、「し、ますから、入れてくださ……い」と口にした。

じんじんと胸の先が痺《しび》れて、もう耐えきれないとばかりに、生殖器が再び硬く張り詰める。

理央は俺の言葉を聞いて、体を離《はな》す。解放された胸の先がシーツに擦《こす》れた。そっと後ろに伸ばした手で、彼を迎《むか》えることができる場所を開くと、すぐに先端がそこに触れる。

「ん――……っ、う、ぅや……っ、ん、……あっ」

息を飲み込むと体が強張《こわば》る。それでも彼は欲望を沈《しず》めるのを止めず、腰を掴《つか》まれてゆっくりと中に埋められた。同時に、先程《さきほど》まで弄られていた場所が、彼を求めて蠢《うごめ》く。

痛みと圧迫感《あっぱくかん》に目眩《めまい》がした。吐き出す息がくぐもるが、制止する言葉は一つも漏れなかった。十五年間大好きだった相手と繋がれる幸福を、身を捩《よじ》りながら迎え入れる。彼の生殖器は硬くて太い。それが体の中を分け入って、粘膜をずりずりと擦りながら奥の方まで進んでくる。

「……ふっ、あ」

張り出た部分が内側を擦ると、むず痒《がゆ》く、小さな電流に似た快感が走る。

背を反《そ》らして、沸《わ》き上がってくる官能に耐えていると、彼の手が双臀を柔《やわ》らかく撫でた。

「りおう」

じわりと快感が滲《にじ》んだ場所をもう一度張り出した部分で擦って欲しくて、腰《こし》が揺《ゆ》れた。

「うん？」

子供に話を促《うなが》すような声で、彼が返事をした。

「気持ちいい、です、そこ、そこ、いい、また、擦って、欲し……い」

望むと、彼の腰が引かれる。その瞬間を覚悟《かくご》し、期待して待っていると、すぐに先程と同じ場所により強い刺激が与えられて、思わず両手でシーツを掻いた。

「ここが好きなの？」

「あ、っ……あ、は、ぅ……っい、い」

「じゃあ、もっと気持ちよくしてやるから、二度と他の男に触れさせるなよ」

後頭部に彼の唇《くちびる》が触れる。それは項《うなじ》まで下がり、肩《かた》の辺りの皮膚《ひふ》を吸われた。

「あっ、う、……ぁ、ぁっ、り、ぉ、あっ」

突き上げてくる理央の欲望は、指なんか比べものにならないほど太く、粘膜はその動きに引きずられ、押し込められて、強い摩擦《まさつ》に受け入れた場所が熱を持つ。ひくひくと震《ふる》え悦喜《えつき》する肉筒《にくづつ》が彼の生殖器で拡げられ、深部を暴《あば》かれてしまう。開いたままの唇から唾液が零れ、それをはしたないと思う余裕《よゆう》すらなく、ただ翻弄される波に流されないようにベッドに爪《つめ》を立てた。

「り、お……っ」

「世宗、かわいい」

唇が今度は耳殻《じかく》に触《ふ》れ、その外側を舐められる。法悦《ほうえつ》を与えられながら、彼の体重を体に感じる。突かれて揺さ振られ、繋がった場所からは痛みと共に快楽が押し寄せてきた。

肉同士がぶつかる音が聞こえ、粘膜が擦られて淫らな音が響《ひび》く。お互《たが》いの呼吸音も部屋に充《じゅう》満《まん》し、シーツが擦れる摩擦音が生々しい。音を伝導路に頭の中まで犯《おか》されている気分だった。

「ん、ん、……っ」

快感は何度も与えられた。あまりの激しさに、欲しがったことを後悔《こうかい》しながら唇の間から嬌《きょう》声《せい》を漏《も》らす。限界が来るのは早かった。もう終わってしまうと残念な気持ちで「好き」と呟《つぶや》く。

「理央、好き、す、き……っ」

その瞬間、理央の腕《うで》がきつく巻き付いてきた。

痛いほどの力だったが、彼の手に囚《とら》われていることに安堵《あんど》すら覚えて、スンと鼻が鳴る。

「初めて聞いた」

どこか安心した声で、理央が呟くのを耳にして、一度もそれを口にしていないと気づく。

自分でも驚《おどろ》いた。当たり前すぎて、声に出して告げたことがなかった。

十五年間、言いたくて堪らなかったはずなのに忘れていたなんておかしい。だから言えなかった分を取り戻《もど》すように、シーツに突いた彼の手を見つめて同じ言葉を何度も繰《く》り返した。

こんな風に繋がれる日が来るとは思いもしなかった。ずっとずっと焦《こ》がれてきた。思いもよらず手にして、一度諦《あきら》めて、空っぽになっていた胸のうちが瞬《また》く間に満たされていく。

「りお……っ、りおう、すき、……っす、き……っ」

彼に告白するうちに、呆気《あっけ》なく達してしまうと、体が不随意《ふずいい》に跳ねる。

すると理央が「俺も」と囁いた後で、その欲望を体の内側で吐《は》き出した。

注がれる快感に震え、彼を満たせたことに喜びを感じていると、不意に彼の指が顔に触れる。顎《あご》を掴まれて、背後を振り向いた。不自然な姿勢で理央の唇を受け入れ、唾液を飲んだ。酷《ひど》く喉《のど》が渇《かわ》いて、自分から舌を伸《の》ばして求めると、彼がくちづけを深くしてくれる。

「理央」

名前を呼ぶと、もう一度唇が触れる。望めば与えられる関係が嬉《うれ》しくて、幸せだった。

耳で、舌で、皮膚で、粘膜で、体中を使ってする行為《こうい》に心が満たされていく。

彼を追い続け、その姿が見えるだけで満足していた日々にはとても戻れない。こんな風に全身で理央のことを感じられる方法を知ってしまったら、もう視覚や聴覚《ちょうかく》だけでは足りない。

「どうし、よう」

まだ繋がったままの体の奥が、彼の官能に掠《かす》れた吐息《といき》を聞いて、引き留めるように顫動《せんどう》する。

「捨てられたら、本当にいきていけなく、なる」

そう言うと理央は「離さないから大丈夫《だいじょうぶ》」と、溶《と》けるような微笑《ほほえ》みを浮《う》かべた。

◇◇◇

目が覚めるとベッドの上だった。

過去にもこんなことがあったと思ったが、以前と違《ちが》うのは頭の下に硬《かた》い腕があることだ。

「おはよう」

「……はよ、ざい、ます」

それから喉が酷く渇いて痛む。吐き出した声は掠れてざらついている。

自分を見つめる理央に、一体何があったのかと尋《たず》ねる必要もなく記憶《きおく》が蘇《よみがえ》った。

彼と抱《だ》き合ったあと、浴室に運ばれて体を洗われた。その最中にも触れられて、欲望《よくぼう》を吐きだし、ベッドに戻った後にもう一度理央の欲望を受け入れた。その頃《ころ》には羞恥《しゅうち》を感じる余裕もなく、彼が望んだ恥《は》ずかしい体勢で吐精させられ、浮気《うわき》をしないという約束もさせられた。

思い出せば出すほど恥ずかしくなり、いっそ夢であればいいのにとすら思った。

「柳野さんに起こす時間訊《き》いたら、今日は有休だって言われたんだけど、もう起きる？」

有休を取った覚えはないが、理央との甘い時間を手放したくはない。

それに柳野は優秀《ゆうしゅう》な人間なので、会社への連絡《れんらく》は滞《とどこお》りなく済ませているだろう。

「何時、ですか？」

咳《せき》をした後、ひび割れた声で問い掛《か》けると、理央は「七時」と答える。

「俺は八時になったら出なきゃならないけど、平気？」

気遣《きづか》う言葉に小さく頷《うなず》くと「無理させてごめんね」と頬《ほお》にくちづけられた。

その唇は眦《まなじり》にも触れる。瞼《まぶた》が熱を含《ふく》んで腫《は》れていることには気づいていた。昨日、抱かれながら泣いたせいだ。思い出すと消え入りたくなるようなことを、たくさんされた気がする。

優《やさ》しく撫《な》でられ、安堵しながら「もう怒《おこ》っていませんか？」と尋ねた。

「まだ昨日の男に近づくつもりなら怒るけど」

「実豊の件なら、体も手も汚《よご》さずに処理します。絶対に高梨さんに迷惑《めいわく》はかけません」

はっきりと宣言すると、理央は複雑な顔をして「迷惑とかないから」と言った。

「付き合ってるんだから、俺じゃ役に立たないかもしれないけど、相談されない方が嫌《いや》だ。一人で悩《なや》まないで、全部教えてくれた方が安心できる。それから今後、俺に何か不安があったら、誰《だれ》かに調べさせるんじゃなくて直接聞いて。嘘吐《うそつ》いて誤魔化《ごまか》したりしないから」

恋人《こいびと》なんだから、と言われて、理央の前では緩《ゆる》くなる涙腺《るいせん》が、また制御《せいぎょ》を失いそうになる。

「俺も、何かあったら早めに世宗に相談する」

しかしストーキングがばれたら、絶対に捨てられると思っていたから関係を継続《けいぞく》してくれる理央に、喜びと共に戸惑《とまど》いも覚えた。

「はい。ところで……いつから、私がストーカーだと知っていたのですか？」

「バイト先にあんなに来られたら分かるよ。文化祭や体育祭にも来てるの知ってたし」

昨日からずっと疑問に思っていたことを尋ねると、理央はあっさりと教えてくれる。

彼のバイト先は駅前のカフェだった。そのため朝や夕方は学生や社会人の常連客が多く、毎日通ってもその中に埋没《まいぼつ》してしまうと思っていた。認知《にんち》されていたなんて、予想外だ。

その気持ちが顔に表れていたのか、理央は「世宗みたいな子が毎日来たら覚えるよ。バイトの子達は中学生でもいいから付き合いたいって騒いでたし。告白されなかった？」と口にする。

「された気もしますが、覚えていません。私は高梨さんのことしか見ていないので」

覚えているのは生成《きな》りのエプロンに白シャツとベージュのパンツ姿で、珈琲《コーヒー》を作っている理央の姿だけだ。彼がレジにいるときは貴重で、よく注文するタイミングを計っていた。

しかしあのときから理央が既《すで》に俺の気持ちを知っていたのだと思うと、今更《いまさら》ながら恥ずかしくなる。好きだからといって、毎日職場に来るような、毎日手紙を送りつけてくる鬱陶《うっとう》しい相手を、本当に許せるのだろうか。挙げ句には、彼に対して調査員まで付けていたのに。

普通《ふつう》は自分のことを何年もつけ回していた相手を、受け入れることなんて出来ない。

「本当に、今までの行為を許してくれるんですか？」

改めてそう尋ねる声は、悲愴《ひそう》に掠れていた。彼の気持ちは体に教えられたが、それでも彼に不快感を与《あた》えていたり、我慢《がまん》を強《し》いているとしたら申し訳ない。

「ストーカーを黙《だま》ってたのは、世宗から言ってくれるのを待ってただけだから、別に怒ってないよ。軽井沢のときは、恋愛《れんあい》感情じゃなくて単なる性欲《せいよく》なのかとか、俺の気持ちなんていらないのかなって腹が立って、泣かせちゃったけど」

当時のことを思い出して怯《おび》えた目で見上げると、理央は俺の頭を子供にするように撫でながら「伊織を付けてた件も、付けられたことより信用されてないことにむかついた」と口にする。

何故《なぜ》全部ばれているのだろうと、恐《おそ》る恐る「彼女の件も知っていたのですか？」と尋ねる。

「伊織が旦那《だんな》が雇《やと》った探偵《たんてい》か何かに付けられてるかもって心配してたし、あんな良いタイミングで店に来られたら、さすがに分かる」

「ごめんなさい」

もう一度謝ると、髪《かみ》から手が離《はな》れてしまう。

「謝らなくていいけど、今度からはそういうのはなしにしよう」

その言葉に素直《すなお》に頷くと、彼は褒《ほ》めるように俺の頰に唇《くちびる》を押し付けた。

触れられたところからじわりと幸せが生まれて、今更ながら彼との関係を繋《つな》ぎ止められたという実感が湧《わ》く。夢のような日々がこれからも続くと思うと、寒くもないのに体が震《ふる》える。

「じゃあ、俺もう支度《したく》して行かなきゃならないけど、また仕事終わったら連絡するから」

「はい、あの」

会えない時間のようすがにくちづけを貰《もら》おうと、彼を追い掛けてベッドから降りようとした瞬《しゅん》間《かん》、無様に落ちかける。床《ゆか》に膝《ひざ》を打ち付けなかったのは、理央が咄嗟《とっさ》に支えてくれたからだ。

「す、すみません」

体に力が入らないのを不思議に思いながら見上げると、彼は先程《さきほど》までとは違う熱の籠《こ》もった目で俺を見下ろしていた。視線を追い掛けるように自分の体を見れば、バスローブがだらしなく解けている。そのせいで胸元《むなもと》がはだけ、普段《ふだん》は下着で隠《かく》されている場所も晒《さら》されていた。

慌《あわ》ててバスローブをたぐり寄せて、彼の視線から逃《のが》れる。今まで布団《ふとん》の中にいたから気づかなかった。わざと見せたわけではないが、浅ましいと思われそうで、頰が勝手に赤くなる。

「世宗」

理央が欲《よく》の混じった声で俺を呼ぶ。そういうつもりではなかったと恥《は》じらいに染まった顔を上げる。

しかし彼は俺の望み通りにくちづけをくれた後であっさりと離れて、浴室に消えた。

胸《むね》を撫《な》でおろしたが、少しだけ物足りない気がした。しかし仕事がある理央に我が儘《まま》は言えない。仕方ないと諦めていると、身支度を整えた理央が再び俺がいるベッドまで近づいてきた。

「今日、仕事が終わったらまた来ていい？」

その質問にこくこくと頷くと「また、無理させたらごめん」と理央が困った顔で謝る。

彼に触《ふ》れられるのは嫌じゃない。むしろそれを望んでいる。しかし昨夜と違って冷静になった今は、そんなはしたないことは言えない。だから、ただ首を横に振《ふ》った。

すると理央はふっと微笑んで「じゃあ、いってきます」と口にする。

「はい。お仕事、気を付けてください」

この夢を守るためならなんでもできる。彼を見送りながら、そう思った。

◇◇◇

しかし幸福感に満ち足りた気分の終わり、試練は意外と早くやってきた。

それはその日の夜に、彼を倉庫に招いたことから始まった。

会ってすぐに理央が仕事の話の流れから「学生時代に企業《きぎょう》と合同開発したオモチャがあったんだけど、一台ぐらい残しておけばよかったな」と口にしたので、彼をビルの一室に案内した。

倉庫と言っても、実際は企業向けのトランクルームだ。セキュリティが万全《ばんぜん》な分、使用料は桁違《けたちが》いだが、蒐集《しゅうしゅう》品が損壊《そんかい》しては困るので、金に糸目は付けていない。

「大学時代の物はこちらの棚《たな》に保管してあります」

そう言って部屋の中に並ぶ耐震《たいしん》処置の施《ほどこ》された棚の隙間《すきま》を案内し、奥の箱に近づく。

透明《とうめい》なケースに入っている件《くだん》のオモチャを取り出して振り返ると、理央は絶句していた。

「どうかしましたか？」

「いや、どうかしたもなにも……ここにある物全部見覚えあるんだけど、何、これ？」

そう言われてからふと、実豊が先週理央に吐《は》き出した言葉を回想する。

色々言っていたが、結美から彼の物を買って蒐集していることに関しては、一言も喋《しゃべ》っていなかった気がする。ストーカー行為《こうい》を許されたことで蒐集癖《しゅうしゅうへき》も許された気になっていたが、もしかしたら彼は知らなかったのだろうか。そう思い当たった途端《とたん》、さあっと血の気が引く。

「あの、これは……その……」

「ちょっと待って、そこにあるの俺の折り畳み傘《たたみがさ》？」

びくびくしながら頷くと、理央は呆《あき》れたという顔を隠さなかったが、怒ってはいないようだ。

そのうち彼は背後の棚に並ぶアルバムに気づくと、あからさまに眉《まゆ》を顰《ひそ》め、その一つを手に取る。中を開いてすぐに理央は、唇に手を当てて考え込んだ。

「外に出てる写真は、探偵に撮《と》らせたやつだよな？　でも……なんで俺の小さい頃《ころ》の写真まであるの？　この頃出会ってないよね？」

「一度、自分で尾行《びこう》していたときに結美に見つかり、……一枚千円でコピーを……」

途端に険しくなった理央の目を見て、叱《しか》られる前に「ごめんなさい」と口にする。

勝手に幼少時の写真まで集めていたと知られ、今度こそふられるのではないかと怯えながら、

「コピーなので、原本は返却《へんきゃく》してあります」と、言い訳にならない言い訳をした。

「いくらつかったの？」

「覚えてませんが、百万はいってないと思います。乳児の頃の写真なんてすごくレアです。他《ほか》にも高校のときの学生服も売って頂いたのですが、こちらも大変お手頃《てごろ》で五十万程でした」

つい口が滑《すべ》って学生服の件を零《こぼ》すと、理央の複雑そうな表情が目に入り、黙り込む。

すると彼は奥の本棚《ほんだな》に気づいた様子で「あの棚は？」と、首を傾《かし》げる。

向こうは高校時代の物を纏《まと》めた棚だ。上から下までぎっしりと、あるものはケースに入れられ、あるものは剝《む》き出しで並んでいる。

「すごく見覚えがあるんだけど。あの本、もしかして大学受験で俺が使ったやつ？」

「はい。大学受験用の参考書です。書き込みと、あと珈琲の染《し》み付きで使用感がすごくあり、かなり気に入っています」

確か一万程度だった。廃品《はいひん》回収に出すためにビニール紐《ひも》で結ばれていた物だと、結美が当時説明していた。そのとき一緒《いっしょ》に高校の教科書やノートなども購入《こうにゅう》した。

特にノートは購入してすぐにコピーを取った。元本は永久保存用として日の当たらない場所に保管し、コピーの方は額に入れて写真と一緒《いっしょ》に部屋に飾《かざ》っていた。

まだ実家住まいだった頃に、新年会で集まった実豊が強引《ごういん》に部屋に入ってきた際に見つかり、

色々聞かれて、酒が入っていたこともあってつい余計なことを話してしまった。

それが今回の騒動《そうどう》の発端《ほったん》となったのだが、そちらは既に上手《うま》く処理をした。今後実豊に祖父への口止めの取引材料として理央を持ち出されるのが嫌《いや》だったので、祖父とは今日話をつけた。

祖父の死後、溺愛《できあい》している隠し子《ご》の後見人になる代わりに理央について《こいびと》は黙認《もくにん》するよう持ちかけ、渋々《しぶしぶ》了承《りょうしょう》させた。祖父からも実豊にはもう何をしても良いとの言質《げんち》を取ってあるので、これで実豊がどんな態度に出ても遠慮《えんりょ》無く撃退《げきたい》できる。その旨《むね》はここに来る間に理央にも伝えたが「あの男に何かするときは俺にも教えて。あと、やりすぎないようにね」と釘《くぎ》をさされた。

「使用感って、汚《よご》れてるだけだろ。あとそれ無くしたと思ってた俺の卒アルだよね？」

無くしたと思ってた、という言葉に「そうなんですか？」と問い掛《か》ける。

「俺のじゃないの？」

「高梨さんの物ですが、高校の卒業アルバムはちゃんと正規の手段で入手しました」

「正規って、妹？」

「はい。不要になった物のみ買うと結美には告げていたのですが。すみません、お返しします」

「いや、返さなくてもいいけど。どうせ見ないし。でもあいつがバイトもせずに高い服を幾《いく》つも持ってる理由が分かったよ。まさか俺の物を売ってるとは思わなかった。とにかく、もうそういうの禁止な。結美からも二度と何も買うなよ」

「ですが……」

「本物がいればいいよね？　とりあえず俺が中学のときに使ってたスパイク、捨てるから」

理央は奥の棚にある真空パックされたスパイクに向かっていく。無造作に棚からそれを手に取ると、こんな物を蒐集する気持ちが分からないという顔で、ぞんざいに床に投げた。

慌てて拾い上げる。汚れたそのスパイクはスタッドがすり減っていて、リサイクルにも回せない代物《しろもの》だ。正しく価値の分からない人間にはゴミと同様だが、俺にとっては違《ちが》う。

勿論《もちろん》、理央が嫌がることはしたくない。望みは全《すべ》て叶《かな》えたいが、蒐集品には一つ一つ思い出が詰《つ》まっている。例えばこれはサッカーを始めた当初、きつい練習を終えた後にスパイクに足を入れて、彼のように頑張《がんば》るのだと励《はげ》みにしていた物だ。普段練習で実際に使用していたのもサイズ違いの物で、製造中止になっていたものをメーカーに無理を言って探させた。

「かせ。それからそっちの参考書も捨てる。あと、割れたカップも」

非情な言葉に目の前が真っ暗になった。

首を横に振ると、理央は心底理解できないという顔で「世宗」と窘《たしな》めるように名前を呼ぶ。

「私の宝物です。高梨さんの目にはゴミとしか映らないでしょうが、これは唯一《ゆいいつ》の……」

「捨てろ。大体、これだけあるんだから唯一じゃないし、世間の目から見てもゴミだよ」

彼が見つめるマグを慌てて抱き締《だ》めて告げた抗議《こうぎ》は、迷いのない声で一刀両断される。

すると理央に「危ないから」と、縁《ふち》の欠けたマグを取り上げられた。

「本当に、捨てるんですか？」

愛惜《あいせき》の品々を前に、救済案はないのかと頭を回転させていると、理央が溜《た》め息を吐く。

びくりと肩《かた》が跳《は》ね上がった。何を言われるのか、戦々恐々《せんせんきょうきょう》と彼の言葉を待つ。

「じゃあ、交換条件《こうかん》で」

このまま付き合いたいなら捨てろと言われたら、もう俺に選択肢《せんたくし》はない。この関係の決定権は常に彼にある。逆らえば蒐集物ではなく、俺が捨てられてしまうかもしれない。

こんな事なら、一度ぐらい使用しておけば良かったと、理央が手にしたマグを見つめる。

「写真はいいけど、ゴミは捨てる。でもその代わりに、俺と同棲《どうせい》するっていうのはどう？」

「どうせい、ですか？」

突然《とつぜん》の申し出にぽかんと口を開けると、理央は「そう。一緒に暮らす。そうすれば、そんな物を集める必要ないだろ？」と、彼は周囲をぐるりと見回す。

魅力《みりょく》的な提案だった。頭で深く考えるよりも先に、反射的に頷《うなず》いていた。

「良かった。とりあえず来年の春頃を目安に家を探そうか」

理央は安堵の表情で俺を諭《さと》す。元持ち主に再度捨てられる道具の気持ちを考えると悲しい気分になったが、ここでごねて同棲話が流れるのも呆れられるのも避けたい。

「物件は、俺が探します。何か希望はありますか？」

ただでさえ理央は最近仕事が忙《いそが》しい。その分俺は懇意《こんい》にしている不動産屋もある上に、仕事はいくらでも融通《ゆうずう》が利《き》く。というよりも利かせる。

「俺は特にはないな。できれば会社から通勤一時間以内がいいけど。色々捨てて貰《もら》う代わりに、家に関しては世宗が好きに決めていいよ」

「分かりました」

そう答えると、一緒に暮らせるという未来に早くも気持ちが飛んでいた。

しかしそんな俺の夢を崩《くず》すように、理央が「ゴミ袋《ぶくろ》ある？」と口にする。

「もしかして、今日捨てるつもりですか？」

ぎょっとして顔を上げると、理央はあっさりと頷く。

「今やらないと、世宗は別の場所に倉庫を借りそうだから」

柳野は、理央がまだ俺の性格を摑《つか》めていないと言っていたが、着実に把握《はあく》されている。

その分析《ぶんせき》力に感嘆《かんたん》しながらも、仕方なく捨てることには同意したが、殆《ほとん》どが廃棄《はいき》に分別されるのを見ていると悲しい気分になった。どれもこれも、本当に宝物だった、と惜《お》しんでいると理央の手が、一番奥まった場所に置いてあったジュラルミンケースに伸《の》びた。

「それだけは、駄目《だめ》ですっ」

思わずそう口にすると、理央が訝《いぶか》しげに振《ふ》り返る。俺がいきなり大きな声を出したことに、彼は驚《おどろ》いた様子だった。

その隙《すき》にケースを抱《かか》えて「これだけは絶対に捨てたくありません」と毅然《きぜん》と抗議する。

「そんなに嫌なら、仕方ないけど。一体、何が入ってるの？」

中身を見て捨てろと言われる可能性を恐《おそ》れながらも、仕方なくケースのロックを外す。

四桁《けた》の暗証番号は彼の誕生日だが、それについては何も訊《き》かれなかった。ケースの中、更《さら》に透明《とうめい》な強化硝子《ガラス》の中に仕舞《しま》われた物を見て、理央は「ああ」と懐《なつ》かしげな声を出す。

好意的なその様子にもう一度「ゴミではないので、捨てなくてもいいですか？」と尋《たず》ねる。

理央は「そうだね」と賛同してから、それを見つめた。

赤いプロペラのラジコン飛行機は少しも色褪《いろあ》せず、あの日のまま静かにそこにあった。

「これは、俺にとっても思い出だから、とっておきたいな。今度、飛ばしてみようか」

結局自分では一度も飛ばさないまま宝物として大切にしていたが、確かに満足に飛ばないまだなんて可哀想《かわいそう》だ。それに万が一壊《こわ》れたとしても、また理央が直してくれるだろう。

捨てろと言われずに済み、ほっとして飛行機を眺《なが》めていると、理央が「十五年か」と感慨《かんがい》深げに呟《つぶや》いた。

「こんなに長い間好きでいてくれてありがとう」

不意に告げられた言葉に、昨日散々泣いた涙腺《るいせん》がまた弛《ゆる》みそうになった。

「俺の方こそ……好きでいさせてくれて、ありがとうございます」

そう言うと理央が優《やさ》しく抱き締めてくれたから、今までの想《おも》いが報《むく》われた気がした。

十五年を迎《むか》えた恋《こい》は、これからも変わらずに年を重ね続けるだろう。

きっと他人から見れば呆《あき》れるほど些細《ささい》なきっかけで喧嘩《けんか》をしたり、不安に陥《おちい》ることもあるかもしれない。だけどその度《たび》にこの幸福な気持ちを思い出せば、どんなことでも乗り越《こ》えられる気がした。

俺はきっと、最後の息を吐《は》き出す瞬間《しゅんかん》まで、この人に恋をし続ける。

律儀な羊と腹黒狼

初めて見たその子は、雪の中で途方《とほう》にくれたように、壊れたラジコンを手に泣いていた。妹と同じぐらい幼いのに顔の造形が整っていて、きちんとした身なりの子供だった。

とても悲しそうな姿が放《ほう》っておけず、声をかけた。見知らぬ相手に怯《おび》えるその子に向かって、警戒《けいかい》を解こうと無理して微笑《ほほえ》みかけたことを覚えている。威圧感《いあつかん》を与《あた》えないようにしゃがみ込んで、丸い瞳《ひとみ》を覗《のぞ》きながら「直せるよ」と、安請《やすう》け合いをした。

親父《おやじ》に手伝って貰いながら直したラジコンが再び動き出したとき、落ち込んでいたその子はようやく蕾《つぼみ》が僅《わず》かに綻《ほころ》ぶように微笑んで「ありがとうございます」と口にした。

翌日その子は付添人《つきそいにん》を伴《ともな》い、修理代を払いに再び製作所を訪《おとず》れた。俺も親父も笑いながら金は要《い》らないと言うと、子供なのに申し訳なさそうな顔でぺこりと頭を下げたのが印象的だった。

次に会ったのは半年後だ。駅前で年上の子供達に虐《いじ》められていた。車道に投げた鞄《かばん》を取って来させるという危ない虐めだったから、たとえその子でなくても見逃《みのが》すことはできなかっただろう。車道に落ちた鞄を拾ってその子に渡した後で、悪びれもしない年上の子供らを強く叱《しか》った。

「今度、この子をいじめたら許さない。次は俺が、鞄じゃなくお前らを投げるぞ」

一番生意気な子供の胸座《むなぐら》を摑んで持ち上げると「や、やめろ」と情けない声で怯えられた。

小学生相手にやりすぎかと思ったが、そいつを車道に投げるふりをして「自分が轢《ひ》かれるところを想像してみろ」と脅《おど》すと「も、もうしない。もうしないから」と、か細い声が約束した。

それを聞いて解放すると、よほど怖《こわ》かったのか仲間をつれて一目散に逃《に》げていく。

残されたその子は、前と同じ様子でぺこりと頭を下げた。気になって「学校の先輩《せんぱい》？　先生には相談してる？」とお節介《せっかい》を承知で尋ねると、「従兄弟《いとこ》です」という答えが返ってきた。

尚更《なおさら》気の毒になったが、その子は「慣れていますから」と、汚《よご》れた鞄を叩《はた》いて埃《ほこり》を払う。

平然としていたが放っておけずに、彼が行く予定だった場所まで付き添《そ》った。

「ありがとうございました」

最後にその子はまた頭を下げたが、あの花が咲《さ》くような笑顔《えがお》は見られず、それが残念だった。

四度目にその子と会ったのは、朝練中だった。だけど目が合った途端《とたん》、ぱっと逃げられてしまい、落ち込んだのを覚えてる。従兄弟を脅す姿を見られているから、怖がられたのかと思い、馬鹿《ばか》みたいに鏡の前で笑顔の練習をして妹に笑われた。しかしなかなか五度目は来なかった。

そのうち親父が不慮《ふりょ》の事故で亡《な》くなり、葬式《そうしき》や製作所の借金の取り立て、引っ越しなどでその子のことは忘れてしまった。幸いにも叔父《おじ》が会社を引き継《つ》ぐことが決まり、父親が働いていた頃《ころ》と同様に、時々そこで仕事を手伝わせて貰って、バイト代を稼《かせ》いだ。本当はもっと働きたかったが、叔父に諭されて部活は続けた。高校に進学したあたりから、時折おかしな視線を感じるようになった。時を同じくして、俺宛《あて》の不審《ふしん》な手紙が毎日一通、家に届き始めていた。

手紙は便箋《びんせん》一枚で差出人の名前がなく、最初は友達の悪戯《いたずら》じゃないかと疑い、相手を探《さぐ》るために二通三通と読んだが、内容は時事や俺のことばかりで、段々と気味が悪くなって読むのをやめた。けれど手紙は毎日、飽《あ》きもせずに届けられた。

再びその手紙を読む気になったのは、高校最後の試合に負けた日の翌日だった。

部長として、チームを勝利に導けなかったことで、家で鬱々《うつうつ》としていた休日に手紙は届いた。手紙の封《ふう》を切ったのは本当に気紛《きまぐ》れだった。消印は同じ市内で、文頭は天気の話だった。相変わらず自分のことを語らない手紙の中程《なかほど》に〝とても良い試合でした〟と書かれていた。

「はは、負けたのに」

〝最後の一秒まで闘《たたか》っていた姿は、とても格好良かったです。あなたは私の憧《あこが》れです〟

不意にあの雪の日に会った子供の姿が脳裏《のうり》を過《よ》ぎる。白い何の汚れもない封筒《ふうとう》や、罫線《けいせん》もない便箋に規則正しく並んだ手書きの文字は、なんとなくあの子の印象とよく合っていた。

もしかしたらこの手紙を書いているのはあの子かもしれないと、綺麗《きれい》に整った字を見つめて考える。気になって、昨日届いた手紙をゴミ箱から漁《あさ》って取り出した。

〝明日の試合、応援《おうえん》しています。あなたの雄姿《ゆうし》を見られるのが楽しみです〟

楽しみにしていると書いていたのに、今日の手紙に失望したとか残念だという言葉はなかった。後輩《こうはい》達は残念だと言っていたし、クラスメイトは「惜《お》しかったね」と励《はげ》ましてくれた。監督《かんとく》は「努力が足りなかった」と苦々しい顔で項垂《うなだ》れ、お袋《ふくろ》は「負けることも経験だから」と慰《なぐさ》めてくれた。少なからず皆《みな》気落ちしていたが、手紙からはそういった感情は読みとれなかった。それどころか、負けたのに勝ったかのような内容の手紙に、差出人に興味を覚える。

「話してみたいな、直接」

たぶん弱っていたから、そんなことを考えてしまったのだろう。

相手を特定できる手がかりが欲しくて、翌日の手紙をじりじりしながら待った。

それから手紙は毎日読んだが、結局何も分からないまま俺は大学に進学した。駅前のカフェと塾講師《じゅくこうし》のバイトを始め、忙《いそが》しさに忙殺《ぼうさつ》されるうちに差出人への興味も再び薄《うす》れ始めていた。

そんな折、あの子が店に来た。あれほど整った顔はそうないから、一目で分かった。

綺麗でかわいらしかった顔は、面影《おもかげ》を残して冷え冷えとした月を連想させる整った顔に変わっていた。小さな顔は決して女性的ではないのに、男の目も充分《じゅうぶん》に惹《ひ》き付けた。

話しかけようと思ったが、店はいつも忙しくて、とても世間話をする余裕《よゆう》はない。

それでも彼の番がくるのを楽しみに待っていたが、「いらっしゃいませ」という言葉にその子は何も返さず、トンと爪《つめ》の先まで整った指でカウンターのメニュー表をさした。

「オリジナルブレンドですね。サイズはどうなさいますか？」

再び、トン。口があるなら喋《しゃべ》れよ、と不快に感じた。

差出人はこの子じゃないのかもしれないと、何の根拠《こんきょ》もなく信じ込んでいた自分が恥《は》ずかしくなり、有名私立中学の紋章《もんしょう》が入ったブレザーから視線を逸《そ》らして、接客を続けた。

その子は商品を受け取ると、店の一番端《はし》の席に座った。気にしないようにしていても、つい意識はそちらに向く。何度か目が合うと、その度に慌《あわ》てたように視線を逸らされた。

俺を見ていたんだろうかと考えていたら、バイト仲間が「あの子ずっと、マスコットの人形見てるけど欲しいのかな？」と笑う。振《ふ》り返ればレジの奥の棚《たな》に、オリジナルカップと一緒《いっしょ》に人形が飾《かざ》られていた。これを見ていたのかと、自分の自意識過剰《かじょう》ぶりにまた呆《あき》れる。

だけど人形が撤去《てっきょ》された後も、その子の視線は感じた。一度ほんの悪戯心で釣銭《つりせん》を渡《わた》すときに、手に触《ふ》れたことがある。綺麗で冷たい指先に触った瞬間《しゅんかん》、その子は真っ赤になって手を引っ込めると、商品を置き去りにしていなくなった。それから一週間、店には顔を出さなかった。

——やっぱり、手紙を書いてるのはあの子なのかな。ときどきカフェの話題も入るし。

それからも手紙は続いた。読む度に、あの日慌てて逃げたあの子のことが気になった。

「ちゃんと傷つけないように断らないとなー……、ちょっと勿体《もったい》ない気もするけど」

気持ち悪さは感じなかった。同性でもあんなにかわいい子に想《おも》われるのは悪い気はしない。

「いや、でも思春期に同性に憧れるってあるよな」

いくらかわいくても俺には恋人がいたし、あの子のためにも毅然《きぜん》とした態度で断らなければと考えていたが、手紙は何年経《た》っても核心には触れなかった。カフェでも相変わらずトンと指で注文するだけで、話しかけてくる気配はない。それならいいかと成り行きに任せた。告白してこないなら、それに越《こ》したことはないと自分を納得《なっとく》させたが、やはり気にはなっていた。

しかし学校が忙しくなり、バイトを辞《や》めるとあの子との接点は手紙だけになった。

そんな折、妹とあの子が同じ高校の制服を着て、一緒に歩いているところを見掛《みか》けた。もしかして妹に近づくために俺と仲良くなりたかったのだろうかと考えて、少し落胆《らくたん》する。

最初から気持ちに応《こた》える気はなかったのに、落ち込んでいる自分がやけに勝手に思えた。

自分の気持ちに戸惑《とまど》っていたときに、高校の頃の友達に誘《さそ》われて母校の文化祭に顔を出した。そこで偶然《ぐうぜん》、あの子と再会した。驚《おどろ》いたのは、向こうの服装だった。どこの怪盗紳士《かいとうしんし》だよ、と唖然《あぜん》としながらその姿を眺《なが》めた。劇に出るのか、白いアイマスクのような仮面をつけていたが、顔が半分隠《かく》れていても造形の美しさは滲《にじ》み出ていて、すぐにあの子だと分かった。

元々粗野《そや》な性格だが、怖がられないように初めてのときと同じ、殊更優《ことさらやさ》しく声をかけた。すると途端にマスクの端、白い磁器のような頬《ほお》が赤くなるのが見えた。もしかして妹目当てで俺に近づいたわけじゃなく、俺目当てで妹に近づいたのだろうかと新たな疑問が生まれた。けれどももし仮にそうであったとしても、自分がどうしたいのかはまだ答えが出せていなかった。

丁度その頃、進路に悩《なや》んでいたので、他のことを考える余裕もなかった。

正確を記すれば、悩んでいるという表現は正しくない。

研究者になる道を、諦め切れなかっただけだ。父親がいなくなった以上、母親ばかりではなく俺が金銭的に家を支える必要があった。それに優秀《ゆうしゅう》だった叔父が研究を諦めて会社を継いだのに、俺ばかりが好きなことを続けるのは、気が咎《とが》めた。しかし会社に入ると告げると教授は落胆し、恋人《こいびと》からは「彼氏が製造業なのは格好悪い。考え直して」と言われ、大学の同期からは同情された。当時は周囲の反応もあって少し悲観的になっていたが、そんなときにまた手紙に救われた。

〝先日、あなたが玩具《おもちゃ》メーカーと開発したロボットを購入《こうにゅう》しました。あなたの作ったものはこれからたくさん世の中に出るでしょう。いつか月にも届くような、偉大《いだい》な発明をするでしょうが、これが最初の一つだと思うととても愛《いと》おしいです〟

その言葉に、まだ終わってないと教えられた。宇宙関係の仕事に携《たずさ》わるのが夢だった。しかし製作所に入っても、諦める必要なんてない。宇宙に届く部品を製作すればいいと気づいた。

同時にあの日、ラジコンが直った途端にあの子が浮《う》かべた綺麗な笑顔を思い出す。

「なんだ、それでいいのか。諦める必要なんてないのか」

呆れるほど簡単に、胸の支《つか》えがとれて周囲の同情も落胆も恋人から別れを切り出されたことも、気にならなくなった。

だけど俺が大学を卒業して半年たった頃、欠かさず届いていた手紙はぱったり途切《とぎ》れた。最後の手紙は〝これからもずっと見ています〟という文章で締《し》めくくられていた。

大学の同期に話したら「ホラーすぎんだろ」と言われたが、その頃には俺はもう手紙には慣れていたので怖いというよりも、あの子に何かあったんじゃないかと心配になった。そのとき、こんなに長い付き合いなのに、連絡《れんらく》先どころか名前すら知らないことに気づいて驚いた。

それとなく結美に探りを入れたが「もともとそんなに親しくないし連絡先も知らない」と意外な返事が返ってきた。会う術《すべ》がなくて苛立《いらだ》っていたときに、尾行《びこう》されていることに気づいた。

あの子じゃないかと思い、待ち伏《ぶ》せして捕《つか》まえることにした。

捕まえたら尾行を止《や》めさせて、もし向こうが良ければ友達になりたいと考えていた。

ここそ付けられるよりも堂々と「今日は何してたのか？」と聞かれる方がずっとましだ。

けれどいざ捕まえてみたら、相手は中年の男で、内心かなりがっかりした。

白を切る相手に「証拠《しょうこ》はある。なんなら一緒に警察いく？」と、カマをかけた。

手紙の主もお前じゃないだろうな、と長年勘違《かんちが》いしていた分嫌《いや》な気持ちで追い詰《つ》める。本当は証拠なんてなかったが、男は警察と聞くと「見逃《みのが》してください。ようやく入った会社なんです」と頭を下げた。それから男は自分が調査会社の人間であると暴露《ばくろ》した後で「どうかお願いします」と手を合わせる。

「依頼主《いらい》は？」

「それだけはご勘弁《かんべん》ください。この通りです」

土下座でもしそうな勢いの男が気の毒になったのは、彼が親父《おやじ》と同じ世代だったせいもある。

しかし見逃すかわりに二度とするなというと、男は弱り切った顔で「そういうわけにも……。仮にうちが尾行を中止したとしても、たぶん他《ほか》の会社に頼《たの》むだけですよ」と口にした。

「依頼主に、尾行なんてしないで自分で会いに来いって、伝えてくれる？」

「申し訳ありませんが、そんなことしたら、私がクビに……」

「分かった。じゃあ路上にいるときなら撮《と》って良い。だけどそれ以外は絶対にやめろ」

譲歩《じょうほ》しすぎた自覚はあったが、依頼主があの子なら写真くらい許しても良い気がした。

それから四年、あまり尾行が上手《うま》くない男をときどき見掛けたが、徐々《じょじょ》に気にならなくなった。忙しかったせいもあるが、あの子のことが気になって、恋人を作る気にはなれなかった。

あの子の姿を見ないまま、気づけば随分《ずいぶん》時間が経っていた。仕事の取引で再会した頃《ころ》は、尾行は随分落ち着いていた。向こうも素知らぬふりをしたので、もしかしたらもう気持ちは薄れてしまったんだろうかと残念に思いながら、こちらも初対面を装《よそお》った。

久し振《ぶ》りに見たその子は、同性でも見惚《みと》れるほど綺麗に成長していた。だけどその整いすぎるほどに整った顔が、時々不意に崩《くず》れそうになるときがある。例えば不用意に触れたときや、仕事以外のことを話しかけたときに。そんな反応を見る度《たび》に、強引《ごういん》に触れたい衝動《しょうどう》に駆《か》られた。

その頃にはもう、自分の中であの子とどうなりたいのか、答えは出ていた。

本当はすぐにでも手に入れてしまいたかったが、何故《なぜ》かやたらと警戒《けいかい》されているようなので、まずは友達関係になってからゆっくり落とせばいいと焦《あせ》る気持ちを宥《なだ》めていた。

俺としては、最大限気を遣《つか》ったつもりだった。怖《こわ》がらせず追い込まず、慎重《しんちょう》に慎重を重ねたのは、彼が姿を現さなくなった期間が長かったせいだ。また逃《に》げられて音信不通じゃ堪《たま》らない。何せ手が触れただけで一週間は姿を見せなくなる相手だ。だから充分に時間をかけたのに、それが軽井沢で裏切られるような形になって、頭に血が上った。

気づいたら裸《はだか》に剝《む》いたその子が泣き出していた。その涙《なみだ》を見て頭が冷える。俺のせいで泣いているその子が可哀想《かわいそう》で、慰《なぐさ》めるように触れた。

震《ふる》えながら縋《すが》ってきた体を、強引に抱《だ》かないでいられただけでも、自分を褒《ほ》めたい。

目元を染めて「ごめんなさい」と必死に謝る姿に、やたらと嗜虐心《しぎゃくしん》を刺激《しげき》される。だけどいじめるよりも泣き止ませたくて「好きだ」と告げたら、気絶された。それにはさすがに驚いた。

い。

「世宗？」

呼びかけに返答はなかったが、呼吸していることにはほっとする。涙の痕《あと》が残る赤い頬や、白濁《はくだく》にまみれた体は扇情的《せんじょう》だったが、意識のない相手にそれ以上触れることは疚《やま》しくてできない。

それでも体を洗い流すときに、敏感《びんかん》なところに触れる度、世宗が薄《うす》い唇《くちびる》の隙間《すきま》から微《かす》かに甘い声の混じった息を吐《は》き出すから、随分煽《ずいぶんあお》られた。

「何年お預け食わせる気だよ」

バスローブを着せてベッドに横たえ、柔《やわ》らかなマットに世宗の体が沈《しず》み込むのを眺めた。表情のない顔は、職人が精魂《せいこん》込めて作ったマスターピースのような出来の良さで、俺なんかが気軽に触れて良い人間に見えない。いや、実際そうなのだろう。

そもそも俺に惚《ほ》れているのが不思議なくらい、冗談《じょうだん》みたいに高いスペックの持ち主だ。

「一体、何がそんなに良かったんだ？」

心底疑問に思ったことを尋《たず》ね、その頬を指先で撫《な》でた。どうしてたったあれだけのことで、十何年も思い続けていられるのだろうと、すべらかな皮膚《ひふ》を辿《たど》りながら考えていると、不意に彼の頬が指に擦《なす》り付けられる。温《ぬく》もりを求める仕草に、誘われるように同じベッドに入った。

抱《だ》き締めてやると、抱き締め返してくる。起きてるときもそんな風に素直《すなお》に求めてくれればいいのにと長い溜《た》め息を吐き出して、欲情《よくじょう》を押し殺して夜が明けるまで抱き締めていた。

翌朝、何もかも無かったことにしている世宗に合わせていたら、あっという間に何年も経ってしまうと気づき、混乱しているのを良いことに交際を了承《りょうしょう》させて連絡先を交換《こうかん》した。

しかし付き合ってからも一向に世宗は俺に慣れず、元彼女に尾行まで付けて嗅《か》ぎ回った結果、俺があれほど大切にしていた体を他の男に簡単に明け渡す約束をしているのを見て、理性が消えた。

それでも結果的には、上手い方に転がったと思っている。魅力《みりょく》がある自覚はあるのだろうが、どこか危《あや》うい部分が多い世宗と同棲《どうせい》の話を付けられたときはほっとした。

同じ家で暮らせば世宗も俺に慣れるだろう。ゴミを蒐集《しゅうしゅう》されることもなくなり、俺も世宗と一緒《いっしょ》にいる時間が増える。他の男への牽制《けんせい》にもなって良いことばかりだと思っていたが、昔から世宗が予想の斜《なな》め上どころか、次元の違《ちが》う方向に爆走《ばくそう》するというのを、俺はすっかり忘れていた。

十二月に入り、年末はどう過ごすかという話をするため、出張帰りに久し振りに顔を合わせた日、世宗はにこにこしながらその家に俺を連れて行った。

「如何《いかが》でしょうか？　もし間取りが気に入らないようでしたらリフォームもできます」

世宗の説明によるとその豪邸《ごうてい》は、築二年程度で、部屋数は十五部屋、うち二部屋が二十畳《じょう》以上で、地下とテラスが付いている。建坪《たてつぼ》と同じ広さの庭もあり、車が複数台置けるガレージも完備されていた。もう、どこから突《つ》っ込むべきか分からない。

「これ、いくらぐらいするの？」

「値段は大台ですが、資産を切り崩したので一括《いっかつ》です。ローンはありません」

「え……？　もしかしてもう買ったの？」

「はい。先方が登記済みだったので、引き渡《わた》しに関してはもう完了《かんりょう》しています。ライフラインの手配もしたので、今日からでも入れます」

道理で不動産屋がいないのに中に入れると思った。

吹《ふ》き抜《ぬ》けのエントランス、蹴込み板のない壁《かべ》から生えた白亜《はくあ》の階段、頭上から垂れ下がる黒檀《こくたん》のシャンデリア、そして細工の施《ほどこ》された硝子《ガラス》戸、プール付きの庭に、大きな台所。

――どう考えても、男が二人で住む家じゃない。

目眩《めまい》に似た息苦しさを覚えて、思わずネクタイを弛《ゆる》める。今日は北海道で商談をしてきた。久し振りに着たスーツを見て、世宗は「作業着もいいですが、スーツも素敵《すてき》です」とはにかみながら褒めてくれたが、あのときはかわいく思えた恋人《こいびと》が、今は遊星人に見える。

恐《おそ》らくこの家の資産価値は、俺が今日纏《まと》めてきた商談で動く金額よりも大きいに違いない。

「気に入らないですか？」

黙《だま》り込んだ俺に、不安げな顔で世宗がこちらに視線を向ける。

仕事ぶりや隙《すき》もなく整った格好からは想像できない頼《たよ》りなげな表情に、絆《ほだ》されそうになった。

「いや、ちょっと予想を超《こ》えていたっていうか」

「中古が嫌《いや》なら建て替《か》えましょうか。場所が気に入らないのでしたら、売っても構いません」

「そういうことじゃなくて、何かする前に相談してって言ったよな？」

そう言うと、世宗ははっとしたような顔で黙り込んだ。すっかり忘れていたらしい。

大方、サプライズで驚《おどろ》かせようと俺が出張から帰る日を楽しみに待っていたのだろう。

それは分かるが、付き合って数ヶ月でいきなり豪邸を贈《おく》られるなんて、対処に困る。

「売り払《はら》って、買値では普《ふ》通《つう》売れないだろ？　これ以上無《む》駄《だ》遣《づか》いしないでくれ」

「一緒に住む家を買うのだから無《む》駄《だ》じゃないです。どんな家がいいですか？」

「……俺は、適当なマンションで良かったんだけど。賃貸の」

賃貸、という言葉に世宗がぱちりと瞬《まばた》きをした。恐らく頭になかったのだろう。

「怒《おこ》っていますか？」

「怒ってるってより、困ってる。それで……この家、いくらしたのか聞いていい？」

「私の持っている個人資産を現時点で全《すべ》て現金化した場合の、大体二十分の一程度です」

「いくら？」

肝心《かんじん》なことを言わない世宗に重ねて尋ねると、渋《しぶ》々口を開く。途《と》方《ほう》もない金額に目眩がした。

「困らせるつもりはありませんでした」

しゅんと目に見えて肩《かた》を落として答える相手に、うん、と頷《うなず》く。頷くと頭痛がした。

「それは、知ってる。でも、その額を世宗に一人で負わせることはできない」

「私が買いたくて買ったものです。最初から負担して頂くつもりはありませんでした」

「一緒に暮らすならそういうわけにはいかないから」

不安げな世宗の髪《かみ》をくしゃっと掻《か》き混ぜるように撫でたが、頭痛は一向に良くならなかった。

◇◇◇

「相手、年上？　違うの？　じゃあ子持ち？　それも違うのか。でも、付き合って三ヶ月で家買われちゃったなんて、これはもう結婚《けっこん》するしかねぇよ。あ、もしかして同居？　婿入《むこい》り？」

久し振りに飲んだ大学の同期に相談すると、矢継《やつ》ぎ早《ばや》に質問をされ、全て否定するとますます驚かれた。その相手が年季の入った俺のストーカーだと言ったら、尚更驚《なおさらおどろ》かれるに違いない。

「別に結婚は相手が望むならしてもいいけど、な。最後まで責任は取るつもりだし」

しかしいくら相手が良いと言っても、あんな家にタダで住むわけにはいかない。

結局、同期からは「くれるっていうなら貰《もら》っておけば？　逃がさない気マンマンで尻込《しりご》みするのも分かるけど、美人でセレブの尽《つ》くし系って最高じゃん」と無責任な感想を貰っただけだった。真剣《しんけん》に悩《なや》んでいたが、他人から見れば「惚気《のろけ》」にしか映らなかったらしい。

確かに、年下の恋人から豪華《ごうか》すぎるプレゼントを貰って困っているなんて、惚気にしか聞こえないだろうが、今後の付き合いを考えると素直に受け取れない。

――一個許すと、たがが外れそうで怖いんだよな。

何せ、俺の写真を撮《と》るためだけに一日数万の調査員を何年も雇《やと》っていた相手だ。

その上、使い切れない程潤沢《じゅんたく》な資産を今現在も、運用している。けれど金目当ての付き合いだとは思われたくないし、そんな風に誤解されたらまた世宗が不安がるのも分かっていた。

しかも最悪なことにあれ以来お互《たが》い仕事が忙《いそが》しくて、ろくに会う時間を作れていない。

溜め息を吐いたときに、世宗から珍《めずら》しくメールが来た。遠慮《えんりょ》して滅多《めった》に連絡《れんらく》して来ない代わりに、裏の手回しは早い。そういうところをかわいいと思う反面、やっぱりまだ信用されていない現状が歯痒《はがゆ》かった。そもそも不安だから、あんな豪邸を一人で用意してしまうのだろう。

『今から仕事でレニングラードに向かいます。帰国したら、また連絡をします』

恋人とは思えない簡素な文面を見つめ、恐らく何度も推敲《すいこう》したのだろうなと想像した。

『気を付けて行って来てください。帰ってから色々と話し合おう。仕事頑張《がんば》って』

『話があるなら、今すぐ向かいます』

返信はすぐに来た。もしかしてまだ自宅代わりのホテルにいるのだろうかと思い居場所を尋ねると、『成田です』と返ってきた。仕事を放《ほう》り出して来かねないと思い、慌《あわ》てて『帰国してからでいい。帰国する日が決まったら教えて』と追加でメールを送る。

しばらくしてから『わかりました』という返事が返ってきたときは、ほっとした。

何でも一番に考えてくれるのは嬉《うれ》しいが、その分俺が舵取《かじと》りをしないと簡単に岸壁《がんぺき》に乗り上げてしまいそうだ。しかも世宗の場合、岸壁に打ち上げられても、そのまま進もうとする。

もう一度溜め息を吐いて家に戻《もど》った。テーブルの上にはあの豪邸の鍵《かぎ》が置きっ放しになっている。あの日、世宗を家に連れ帰ったときの忘れ物だ。もしこれが結美だったら喜んで受け取るのだろうと、幼い頃《ころ》の貧乏暮《びんぼうぐ》らしのせいで、がめつくなってしまった妹のことを考える。

世宗が契約《けいやく》したトランクルームから帰った後で、妹に『二度と俺の私物を他人に売るな』と釘《くぎ》を刺《さ》したら『リユースリデュースリサイクルだよお兄ちゃん！　ヒッシーは私のミダス王だもん！』と電話越《ご》しに力説されたので、『世宗は俺の恋人だ』と説教しておいた。以前連絡先を知らないと嘘《うそ》を吐いたことを責めると『昔の人が嘘も方便って言ってたよぉ』と返された。

トランクルームの中の物を処分させるために労力を使ったが、それ以上に結美を説得することに力を使ったことを思い出して、心なしか疲労《ひろう》が増す。

何せ結美は身内でも引くぐらい守銭奴《しゅせんど》だし、世宗は一つ一つのゴミについて思い出を解説した上で、瞳《ひとみ》を潤《うる》ませながら「どうかこれだけは」と懇願《こんがん》するので、その度《たび》に「穴が空いたスクイズボトルはゴミだ」「将来の夢の作文は捨てさせてくれ」等と言い聞かせるはめになった。

『そもそも破れたタオルに使い道なんかないだろ』

衣服は殆《ほとん》どパックに入れられているのに、何故か一つだけ剝《む》き出しのタオルを見てそう口にしたら、世宗は顔を赤らめて『ときどき、抱《だ》いて寝《ね》ます』と教えてくれた。かわいらしい顔に絆されそうになったが、心を鬼《おに》にしてコンビニで購入《こうにゅう》した大きなゴミ袋《ぶくろ》に摺《す》り切れたタオルを投入した。

母親だってこんなにとっておかないだろ、という大量の思い出の品は、結局業者に処分して貰うことになった。世宗が泣きそうな顔で彼らがゴミ袋を運び出すのを見ていたので、「同棲したら俺が世宗のこと毎日抱いて眠《ねむ》るからそれでいいよね？」と念を押しておいた。

ある意味、趣味《しゅみ》の物を処分されたぐらいの落胆《らくたん》だったのだろうが、その趣味の物のかつての持ち主としては看過できない。仕方ないから、大量の写真類に関しては保管を許した。

そのあとつい意地悪な気分で「一人でするときに使ったりした？」と訊《き》けば、「そういうのは、しません」と仕事の際の冷静さが嘘のように慌てた声で否定された。

『それは軽井沢のときにも聞いたけど、あれ以来』

『していません。その、自分でしても、高梨さんにされる以上にはできないので……』

羞恥《しゅうち》で震《ふる》える様に欲情《よくじょう》して、ホテルに戻ってから一人でするときの上手なやり方を教えた。

世宗は泣きながら、教えられる一つ一つに対して「はい」と嬌声《きょうせい》混じりに頷いていた。

かわいい上に一途《いちず》で完璧《かんぺき》な恋人だが、何故《なぜ》か相手の中で俺の信頼度《しんらいど》が低すぎる。

「不安ってどうやれば取り除けるんだ？」

ぼんやりと呟《つぶや》いた言葉に当然答えは返らない。ふと置き去りにされた鍵を見て、あの子が帰って来たときに向こうの家で生活すると言えば、少しは不安を解消できるだろうかと考えた。

「そういえばもう生活できるって言ってたよな」

二人で暮らす家を用意してくれたんだ。費用のことはどうあれ、ひとまず喜んでやるべきだったかもしれない。そんな風に当時の行動を後悔《こうかい》して、あの子が帰ってくるまで向こうの部屋で生活できるようにと、徐々《じょじょ》に車を使って荷物を運び込んだ。

日中は仕事があり、残業もこなしていたので動けるのは夜だけだったが、元々大した荷物はない。シングルベッドはどうせ買い換《か》えるだろうから、客用布団《ふとん》だけ運び込んだ。白亜《はくあ》の豪邸《ごうてい》に使い古しのテーブルや安物の布団は明らかに場違《ばちが》いだった。台所だけで元住んでいたマンションの部屋と同程度の広さがあり、持ち込んだ調理道具も居たたまれなさそうに見える。引っ越してから分かったが、リビングには暖炉《だんろ》もあり、家庭用のエレベータも付いていた。

「まぁ、家具は世宗と選ぶとして、さすがに二人じゃ広いよな」

やっぱり同居用なのか、それとも柳野さんもここで暮らすのかと想像する。

柳野さんと初めて会ったのは、世宗が製作所に御礼《おれい》を言いに来たときだった。二度目に話したのは、彼が俺を会社まで迎《むか》えに来たときだった。

『大変差し出がましいこととは存じますが、世宗様の件でお話がございます。どうぞ、中へ』

慇懃《いんぎん》な態度で後部座席のドアを開いた彼は、俺が乗り込むと直ぐに車を走らせた。

その道中で俺との仲が上手くいかずに、世宗がほとんど食事も睡眠《すいみん》もとらずに日がな一日マンションの部屋でぼんやりしていることを教えてくれた。

一通り話を聞いた後で『別れろとは言わないんですね』と、意外に思いながら尋《たず》ねた。

勿論《もちろん》、そう言われても別れるつもりはなかった。こっちだって散々焦《じ》らされてようやく手に入れた相手だ。確かに信用されていないことを怒っていたが、そこですっぱりと終わらせる気はない。しかし柳野さんは世宗が子供の頃からの関係だ。小学生が、中学生の同性をつけ回していたら通常は窘《たしな》めるだろうと思い、疑問をそのままぶつけた。

『世宗様は大変優秀《ゆうしゅう》な方です。勉学も、芸術も、僅《わず》かな時間で人並み以上に上達されます。同時にご当主様にそっくりな剛胆《ごうたん》さと、篤宗様譲《ゆず》りの才覚、奥様に与《あた》えられた美貌《びぼう》をお持ちです。ただ完璧であるが故《ゆえ》に人間の心の機微《きび》には疎《うと》い方です。けれど高梨様を追い掛《か》けるようになって徐々に自分以外の人間の感情にも、理解や配慮《はいりょ》を示すようになりました。尤《もっと》も、未《いま》だに利害を挟《はさ》まない人間関係は不得意のようですが』

柳野さんはそう言うと、最後にくすりと笑った後で『それに完璧な子供が恋心《こいごころ》を持て余して右往左往している様はとてもかわいらしいですよ。職務やモラルを忘れて応援《おうえん》してあげたくなる程《ほど》には』と、ほんの少し砕《くだ》けた口調で続けた。

柳野さんは子供の頃からずっと世宗の傍《そば》にいるのだから、やはり新居からも彼の車で会社に通うのだろうか。だとすれば彼用の部屋も、計算に入っているのかもしれない。

「次元が違《ちが》いすぎて、よく分からないな」

その辺りは世宗が帰国してから尋ねようと、中庭に面した部屋に布団を運んだ。

全《すべ》ての荷解きが終わったのは、世宗とメールをしてから四日後の休日のことだった。

世宗からはあれ以来連絡はない。

一応、新しい家にいると留守電に入れて置いたが返信はなかった。気がかりだったが、忙しいならこちらからメールを送るのも邪魔《じゃま》になりそうだし、何より大事なことは顔を見て話したい。商談が纏《まと》まらずに、帰国の日程が決まっていない可能性もあるので、あまり急《せ》かすようなことはしたくなかった。そんなことをすれば仕事を放り出して帰ってきかねない。

「いや、でも帰る日程ぐらい聞いてもいいよな」

そう考えながら、帰国日を尋ねる簡単なメールを送った。そのときに間違《まちが》って、私用ではなく仕事で使い慣れているアドレスの方に送ってしまうと、返信どころか着信が来た。

『理央……』

通話に切り替《か》えた途端《とたん》、頼《たよ》りなげな声に名前を呼ばれて驚《おどろ》く。

その憔悴《しょうすい》しきった声に、何があったのかと驚きながら「どうかしたの？」と尋ねる。

下の名前を呼ばれることは滅多にない。よほど、切羽詰《せっぱつ》まっているのだろうと思い、慌てた。

『……』

沈黙《ちんもく》したままの電話の向こうで、泣いている気配がした。思わず迷子の子供に向けるように
「何があったの？　今どこにいるの？」と重ねて尋ねる。すると、スンと鼻が鳴る音が聞こえた後に、掠《かす》れた声で『高梨さんの家の前です』と答えが返ってきた。

「家？」

『会社はお休みの様子でしたので、家に……』

それを聞いて、ドアの前で長時間じっと待っている姿を想像した。

「いつからそこに？」

『朝の早い便で帰国しました。お話があると伺《うかが》っていたので』

とぎれとぎれの声に、自分の想像は強《あなが》ち間違っていなさそうだと青くなる。

「私用携帯《けいたい》の方に留守電入れたんだけど、聞いてない？」

『すみません。契約を纏めた後、一刻も早く帰国したくて、親睦《しんぼく》のための会食を断って帰ると告げたら、部長が〝年功序列万歳〟と叫《さけ》んで、私の私用携帯を投擲《とうてき》してしまったので』

どういう上司だよ、と思いながら「そっか、新しい家で世宗のことを待ってるってメッセージ入れて置いたんだけど」と告げると、電話の向こうの空気が変わる。

『そう、なんですか？』

「うん、迎えに行こうか？」

『いえ、私が向かいます。高梨さんは、……怒《おこ》っているのだと思ってました』

「そんな大金どうやって返そう、って凄《すご》く悩《なや》んでた。でも、世宗に全部任せたのは俺だし、とりあえず一緒《いっしょ》に暮らせることは喜んでるってこと、分かり易《やす》く伝えようと思って先にこっちに来たんだけど、誤解させちゃったみたいでごめんね」

『お金は、以前も言いましたが、必要有りません。一緒に住んでいただけるだけで充分《じゅうぶん》です』

相変わらずネガティブな考えに、複雑な気分になる。一緒に住んでいただけるだけで充分です』

相変わらずネガティブな考えに、複雑な気分になる。男同士ということ以外に、世宗が卑屈《ひくつ》になる要素なんてない。その性別だって同性でもいいと思うから付き合っているのに、相変わらず、どこか自分の性癖《せいへき》に無理に付き合わせているという言動をする。

「世宗はそう言うけど、俺は世宗のヒモになる気はない。それから〝いただける〟っていい方は間違ってる。俺だって、好きな相手とは一緒に住みたい」

ふ、と電話の向こうで吐息《といき》が揺《ゆ》れる。また泣いてるのかもしれない。頬《ほお》の優雅《ゆうが》な丸みにそって落ちる涙《なみだ》を想像したら、今すぐ触《ふ》れて慰《なぐさ》めてやれないことを歯痒《はがゆ》く感じた。

「でもいきなりこの家の費用を出すのは無理だし、だからとりあえずこれからの生活費は俺が全部持つって事でどう？　一生分の生活費なら、少しは釣《つ》り合いが取れるんじゃないかな」

『一生、一緒にいてくれるのですか？』

「離《はな》さないって言ったの覚えてない？」

まだ信用してない相手に、殊更《ことさら》甘く優《やさ》しく囁《ささや》く。震える声で尋ねてくるこの子が、本当に俺を信用できるようになるまで、何十回何百回も言い聞かせていくんだろうと想像した。

少し大変だが、これほどやりがいのあることは他にないように思える。

ご褒美《ほうび》に、あの笑顔《えがお》が貰《もら》えるなら、どんな努力だってできる気がした。

◇◇◇

待ちきれなくて門の外に立って待っていると、世宗はタクシーでやってきた。

腫《は》れた眦《まなじり》は赤くなっていて、最近いつも泣かせている気がする。

顔を見た途端、俺が何を言うか怯《おび》えるように立ち止まってしまったので、堪《たま》らず抱《だ》き締《し》めると「高梨さん」と呼ばれた。

「おかえり。目が赤くなってるけど、泣いたの？」

「高梨さんが、いなくなってしまうと思ったので……」

そっと目元に指を這《は》わせると、世宗が瞼《まぶた》を閉じる。労《いたわ》るように眦から瞼をなぞってから、甘やかすつもりで頬にキスをすると、世宗の唇《くちびる》から安堵《あんど》に似た吐息《といき》が漏《も》れた。

「どこにも行かないよ」

「高梨さんが、私を捨てるときが、私の終わりの日です」

「大袈裟《おおげさ》だな。俺みたいな普通《ふつう》の奴《やつ》の何がそんなにいいの？」

「わかりません。ずっと昔から、俺にとってあなたは特別でしたから」

すり込みに近いのかもな、と思いながら唇を重ねてその隙間《すきま》から舌を入れる。

まだ慣れていない世宗はじわりと頬を熱くした後で俺の背中に腕《うで》を回すと、音を立てて俺の舌を吸った。以前教えたやり方で、キスに応《こた》えようとする年下の恋人《こいびと》がかわいらしい。

だけど夜気の冷たさに往来だと思い出し、縋《すが》るように絡《から》んできた指を繋《つな》いで家の中に入ると、世宗の唇が何か言いたげに開いた。しかし声よりも先に、世宗の腹が「くぅ」と小さく鳴く。

「す、すみません」

「お腹《なか》すいてる？」

そう尋ねると、世宗は恥《は》ずかしそうに小さく頷《うなず》いてから「忘れていました」と口にする。

ふと、柳野さんから以前聞いたことを思い出した。どうも精神的に追い込まれると、食事を取らなくなるらしい。一体いつから食べてないのか想像して、俺まで空腹感を覚えた。

「すぐに何かつくるから、ちょっと待ってて」

繋いだ指を離すと、世宗は頷いた後でそろそろと付いてくる。

バイト先のカフェで購入《こうにゅう》して以来、愛用しているエプロンを身に着けて、食事の支度《したく》に取り掛かろうとすると、背後からぎゅっとシャツを引かれる。

振《ふ》り返ると、世宗が俺のシャツを掴《つか》んだまま、何か言いたげな目でこちらを見上げていた。自分だけだったら、一食ぐらい抜《ぬ》いても構わない。このまま抱き締めて寝室《しんしつ》に向かいたい気持ちはあるが、ただでさえ細身の体がこれ以上痩《や》せてしまうと考えただけで不安になる。

「疲《つか》れただろ？　お風呂《ふろ》に入ってきなよ。その間に作っておくから」

「手伝います」

「いや、大丈夫《だいじょうぶ》。簡単にできるのって、パスタぐらいしかないんだけど、それでいい？」

世宗はこくりと頷いてから、出しっぱなしにしていた収納式のゴミ箱を見て「パッケージは捨てるんですか？」と聞いてきた。嫌《いや》な予感がして、「捨てるよ。ゴミだからね」と牽制《けんせい》する。

そのときに部屋数が多いのはコレクション保管用じゃないだろうな、と嫌なことに気づいた。

すると世宗はビールの空き瓶《びん》にも目をやり、「こちらも捨てるんですか？」と訊《き》いてくる。

「世宗」

「わ、わかっています。勿論《もちろん》、頭では、分かっているのですが」

お湯が沸《わ》いた鍋《なべ》の中にパスタを放《ほう》り込んで、茹《ゆ》で時間を計りながら「じゃあその二つを諦《あきら》めてもらう代わりに、キスを二回するっていうのはどう？」と尋《たず》ねる。

トランクルームを整理する際に、身に着けた取引方法だ。

世宗はぱっと赤くなり、「唇ですか？」と訊いてくる。何故《なぜ》そんなことを訊くのか分からず、「どこでもいい。世宗がされたいところに。どこがいい？」と、きつく締め付けられたネクタイを解いてやりながら尋ねると、世宗は赤い顔で「少し考えさせてください」と口にした。

「じゃあ、これからも何か集めたくなったら、諦めて貰う代わりにどこにでもキスするから言って。単純に、キスがして欲しいときも、そう言って」

これじゃ取引にならないな、と思ったが、世宗は嬉《うれ》しそうな顔でこくこくと何度も頷く。かわいい反応に、忍耐《にんたい》力を試《ため》される。やりながら食わせたら駄目《だめ》かな、と我ながら最低な考えが頭を掠《かす》めたが、何とか自制心を総動員して調理を再開する。

しかし世宗は傍から離れずに、「気に入っている家具を実家から運んでも構わないでしょうか」とか「寝室は、同じ部屋がいいです」と話しかけてくる。そういう小さな要望の全《すべ》てに「いいよ」と返す度に、ほっとしたように微笑《ほほえ》む恋人のせいで、炒《いた》めていたトマトを焦《こ》がした。

本気で食事なんてどうでもよくなりそうになった頃《ころ》に、ようやく調理が終わる。

「座ってて良かったのに」

しかし料理の盛りつけを手伝ってくれた世宗は「四日分、見ていたいので」と口にした。今度こそ性欲《せいよく》が食欲《しょくよく》に勝ちそうだったが、料理を前に目を輝《かがや》かせているのを見て、何とか耐《た》える。

食事を載《の》せたリビングのテーブルは、部屋の広さに対してかなりちぐはぐだが、世宗は気にならないようだった。早速《さっそく》食事を始めると、恋人は「すごく美味《おい》しいです」と微笑む。

「いや、普通だと思うよ。たぶん世宗の方が上手《うま》いんじゃないかな。何でもできそうだし」

「私はこんなに美味しい物は作れません」

空腹は最大の調味料というあれじゃないのかと思いながら、パスタを口に運ぶ。

味はやはりそこそこだった。良くも悪くも普通だ。期待以上でもないし、以下でもない。

「どれぐらい食べてなかったの？」

「この二十四時間でキャビアとチーズ、酒とオリーブしか口にしていません」

「完全におつまみだね。接待でもしてたの？」

そういえば会食を断って部長に携帯電話《けいたいでんわ》を投げられたと言っていたが、結局出たのだろうか。

「はい。エモーカートス社の会長との食事だったので、断れませんでした」

「エモーカートスって、ミノウリウム扱《あつか》ってる会社では、今のところトップだよね？　確かテユナリスと独占契約《どくせんけいやく》結んでたんじゃなかった？」

「はい。契約更新《こうしん》時期が近づいてたので、うちに鞍替《くらが》えさせました」

「……現地に着いて、二日でまとめたの？」

仕事で取引があるので、世宗が優秀《ゆうしゅう》だということは元から知っていたが、改めて感心する。

「取引は一日で決まったのですが、付き合いがあって二日かかりました。ミノウリウムだけでなく、他《ほか》の物に関しても契約を結んで早く帰りたかったのですが、力が及《およ》びませんでした」

「いや、二日でも相当早いと思うけど。そもそも、入社一年目の仕事じゃないよな」

「かなり先方に有利な条件を提示したので、私でなくても契約はできたと思います。ただ早急に決断させるために〝今日中に決定しないとロシアで二位の企業《きぎょう》にしてやる〟と脅《おど》しましたが」

扱うミノウリウムの量がどれほどかは知らないが、動く金は桁違《けたちが》いだ。恐《おそ》らく世宗は恒常的《こうじょう》に数百億単位の取引をまとめてるから、億単位の家をぽんと買ってしまえるのだろう。

「……凄いね」

トランクルームを整理しただけで、涙目になっていた子と同一人物なのか、疑いたくなる。

そういえば前原さんにも厳しいことを言っていた。現在、その前原さんはうちの千葉にある工場で働いている。以前世宗が来社したときに、丁度その話で事務所に前原さんがいたので、鉢合《はちあ》わせしないように気遣《きづか》ったのを覚えている。

「世宗って、苦手なことあるの？」

感心混じりにそう口にしながら、世宗の唇の端《はし》に付いているトマトソースを指先で拭《ぬぐ》って舐《な》めとると、先程《さきほど》まで冷静に仕事の話をしていた恋人の目が、焦《あせ》ったように泳ぐ。

「苦手というか、私の唯一《ゆいいつ》にして最大の弱点は高梨さんだと思います。でも同時に……最大の強みでもありますが。私はきっと、あなたのためなら何でも出来ます。私にとっては、高梨さんと付き合えることのほうが、金属を右から左に流すことよりも、何千倍も凄《すご》いことです」

こうして手料理を食べられることも、とはにかんだ顔で告げられる。

殺し文句を次々と吐《は》き出すその柔《やわ》らかな唇に、早く触《ふ》れたくて仕方がない。

「俺にとっての弱点も、世宗のような気がするよ」

降参気味に呟《つぶや》くと、世宗は花が咲《さ》くみたいに「じゃあ引き分けですね」と微笑んだ。

◇◇◇

生憎《あいにく》家にあるのは俺のTシャツとハーフパンツだけだから、浴室の外にはそれを用意した。

本当は一緒《いっしょ》に入りたいが、世宗が「それはまだ無理です」と赤い顔で首を振ったから我慢《がまん》する。

かわいいかわいいあの子を怖《こわ》がらせないように、俺は大人しく引き下がる。

本音を言えば泣いて怯える姿も好みだが、会えなかったここ数日で散々不安にさせたようなので、今日は出来る限り希望を呑《の》んで甘やかしてやろうと決めていた。

しばらくして浴室から出てきた世宗は、開けたままのドアから寝室に入ってきた。

「ベッドではないんですね」

部屋の中央に敷《し》かれた布団《ふとん》を見て、世宗は首を傾《かし》げた。

「うん。ベッドは持ってきてない。でもあれだと狭《せま》いから、今度二人で選びに行こうか」

狭いのもそれはそれでいいが、毎日眠《ねむ》るのなら世宗のためにも広い方がいいだろう。

「一緒に暮らして、一緒に寝《ね》る、んですね」

世宗は当たり前のことを言うと、戸口で俯《うつむ》いた。また色々と考えている恋人《こいびと》の手を取って部屋に連れこむ。自発的に動くのを待つよりも、引きよせた方が早いというのは経験則だ。

シャワーしか浴びていないせいで、抱《だ》き寄せた世宗の体は少し冷えている。暖房《だんぼう》器具がないので、広い部屋の中は寒かった。リビングには暖炉《だんろ》があるが、残念ながら燃やせるものはないし、焚《た》き火《び》を楽しむような余裕《よゆう》もない。

「俺も浴びてくるから、寒くならないように布団に入ってて」

しかし体を離《はな》そうとすると、世宗はそれを拒《こば》むように俺の服の裾《すそ》を摑む。

それから俺の首筋に鼻先を埋《うず》めて「高梨さんの匂《にお》いが消されるの、勿体《もったい》ないです」と言った。

「今日はこのままで。……、駄目ですか？」

精一杯誘《せいいっぱいさそ》うように体を擦《なす》り付けてくる世宗に、欲望《よくぼう》に阿《おもね》る器官が基底状態から励起《れいき》状態に変わる。もう我慢しなくていいのかと思ったら途端《とたん》に箍《たが》が弛《ゆる》んで、彼を薄《うす》い布団に押し倒《たお》した。

僅《わず》かに驚《おどろ》きに開かれた瞳《ひとみ》を見つめ、剝《む》き出しの美味《うま》そうな足に手を這《は》わせる。

裾から手を入れて、内側を撫《な》でると、「ぁ」と、吐息《といき》に掠れた甘い声が上がった。

「世宗がいいなら」

こくりと頷いた顔を見つめ、服の上から股間《こかん》に触れる。指を押し返すように膨《ふく》らんだ場所は敏感《びんかん》で、軽く擦《こす》っただけで彼の体が波打つ。初めて見たときも思ったが、世宗は華奢《きゃしゃ》に見えるが、実際は柔靭《じゅうじん》な体をしている。どこをどう見ても男の体だが、興奮した。

「んっ……ん」

甘い声のお陰《かげ》で俺のそれも随分硬《ずいぶんかた》くなっていた。猛《たけ》ったものを服越《ご》しにすりつけると、耳の先が色付く。皮膚《ひふ》を透《す》かす血の色は花弁のように綺麗《きれい》で、思わず舌で味を確かめた。音を立てて舐めながら、すべらかな肌《はだ》がしっとりと汗《あせ》ばむ様を思い出し、早くも内側に入りたくなる。

「ごめん、もう結構限界かも」

「……っ、高梨さんが私に欲情《よくじょう》してくれて嬉しい、です」

つっかえながらそんなことを言う彼に耐えきれなくなって、強引《ごういん》に唇《くちびる》を合わせた。

「あ」

シャツを捲《まく》り、その下の肌に手を伸《の》ばす。ふくりと膨らんだ乳首《ちくび》を指先で摘《つ》まむ。

「痛くしても嫌《いや》にならない？　ちょっと意地悪《いじわる》してもいい？」

優《やさ》しくしたいとは思っていたが、我慢してきた分、最後まで抑制《よくせい》できる自信がない。怖がらせないように、とは考えていた。なのにそんな考えを壊《こわ》すように、世宗は「何でもしてください。何かしたいって、思ってもらえて嬉しい」と口にする。

世宗は魅力《みりょく》を自覚すべきだ。そんな風に誘《さそ》ったら、相手を暴走させると学んだ方が良い。

「高梨さん？」

動かない俺に不安げに世宗が名前を呼ぶ。それに促《うなが》されるように、平らな胸に唇《くちびる》を寄せた。

片方は舌で嬲《なぶ》り、もう片方は指でいじめながら彼の体に、これが快感だと覚え込ませる。

もっとも、そんな手間を掛《か》けなくても感度の良い体は一度目から、その場所から快感を拾っていた。他に誰《だれ》も触れていない、世宗の手ですら触れ慣れていない部分を、甘く噛《か》み、舌で押し込み、指で弾《はじ》く。歯を立てながら背中を優しく撫でると、世宗は体を反らして震《ふる》えた。

「あっ、ん……ふっ」

唾液《だえき》で濡《ぬ》れた乳首はいやらしく尖《とが》り、触れて貰《もら》えるのを待っている。今度は反対側をしゃぶりながら、ハーフパンツの上から股間を撫でた。膨らんだそこは、内側で先走りが零《こぼ》れているのか、強く擦るとときおり粘着質《ねんちゃくしつ》な音がして、指先にじわりと湿《しめ》り気を感じる。

「あ、う、っ……ぁ、高梨さん」

名前を呼ばれて顔を上げると唇を強請《ねだ》られた。望み通りキスをしながら乳首を摘まんでいると、世宗の喉《のど》が、こくりと鳴る。一生懸命《いっしょうけんめい》吸い付いてきては、俺の唾液を飲もうと舌を伸ばす。

それを見てかわいいなと思っていたら、不意に自分の物を世宗に触れられた。

服の上からさすられ、思わず顔を覗《のぞ》き込むと熟《う》れた瞳で「俺もしたいです」と言われた。俺の前で一人称《いちにんしょう》が私じゃなくなるのは余裕《よゆう》のない証拠《しょうこ》だ。パンツをくつろげると、世宗がそこに手を這わせてくる。相変わらずぎこちない動きだった。でもそれが世宗の手だと思うだけで高ぶる。

「ふ、世宗」

擦られながら目の前にある耳や頬《ほお》にキスをし、空いた手で彼の体中を撫でていると、不意にうっとりした声で「理央」と呼ばれる。世宗の分かり易《やす》い変化にぞくりとしながら「入れていい？」と訊《き》くと、しかし恋人は首を横に振《ふ》ってから「舐めたいです」と言った。

淫蕩《いんとう》な表情は、とてもつい最近まで誰とも体の関係を築いて来なかった相手のものとは思えずに、彼の手の中のそれがあからさまに期待でひくりと震える。

「舐めていい、ですか?」

沈黙《ちんもく》を肯定《こうてい》と取ったのか、世宗が体を起こしてその場所に顔を埋めた。

最初はおどおどと舌が陰茎《いんけい》の側面に這う。次第《しだい》にちゅ、ちゅ、と音を立てて唇がそこを吸い、世宗は怒張《どちょう》した物がたっぷり濡れてから唇を開いて先端《せんたん》を飲み込んだ。

「む、う、……っん、んっ」

俺が以前したようにするつもりなのか、頭を軽く動かしていたが、すぐに上手くいかないことに焦《じ》れたように一度唇を離した。暖かな口の中から出され、すっと冷たい空気にそこがぶるりと震える。

「世宗、無理しなくてもいい」

「無理じゃない、したいから、させてください」

世宗は再びそこを咥《くわ》える。綺麗な顔を赤く染めて淫《みだ》らな奉仕《ほうし》をしてくれる恋人の姿に、耐《た》えきれなくなって、その頭を掴《つか》んで引き寄せた。ずるっと、喉の方まで簡単に届いてしまう。

「んっ……っん、!」

奥に触れた瞬間《しゅんかん》、びくっと痙攣《けいれん》するように世宗の体が跳《は》ねた。すぐに後悔《こうかい》して抜《ぬ》き取ったが、世宗は咳《せ》き込んだ後で、再び舌を伸ばしそこに触れて来ると、また先端からゆっくり飲み込む。

俺は衝動《しょうどう》を抑《おさ》えて柔らかな髪《かみ》を撫で、項《うなじ》に指を這わせた。かわいい耳をなぞりながら、俺の物で膨らんだ頬を外側から指で痛くないように軽く叩《たた》くと、熱で潤《うる》んだ目がこちらを見た。

見つめられたまま、先端を優しく吸われて、思わず息を漏《も》らす。

達してしまいそうだと思ったときに、まるでそれを望むかのようにもう一度、世宗の指が根本を擦った。その指の動きに耐えきれなくなって、口の中で達する。

「っ、は」

思わずくしゃりと髪を掴むと、世宗は熱に浮《う》かされたような目でこくりと、喉の奥に叩き付けられたそれを飲み込んだ。次いで飲み残した白濁《はくだく》を舐《な》め取るように、陰茎に舌を伸ばしてくる。敏感な亀頭《きとう》をもう一度舌で舐めまわされ、思わずくぐもった声で名前を呼ぶと、世宗はようやくそこから顔を上げた。何でもできる恋人は、こんなことまで上手くて感心する。

「飲まなくて良かったのに」

唇に付いた白濁を指で拭《ぬぐ》うと、その指先にもちゅうっと音を立てて吸い付いてきた。唇の柔らかさに、達したばかりなのに我慢できなくなって、服を脱《ぬ》いだ。

世宗は俺の体をぼんやりと見つめて、それから緩慢《かんまん》な動作で自《みずか》ら上に着ていた物を脱ぐ。

最初からすれば、かなりの進歩だ。恥《は》じらうのもかわいいが、欲しがって積極的に動く姿もいいと、確かめるように体《からだ》に触れてくる指を感じながら思った。

「下も脱ごうな」

子供に対するように優しく言いながら、殊更《ことさら》いやらしい手つきで下着ごとハーフパンツを脱がす。

勃起《ぼっき》し、先走りで濡れた陰茎は世宗の細身の体にあったサイズだ。それが精一杯《せいいっぱい》に膨れて上を向いているのが健気《けなげ》だった。先端は薄赤《うすあか》く熟れて、カリはあまりエラが張っておらず、顔に見合って上品なそれ。誰とも経験がないと聞いたときは少し驚いたが、その分敏感な肌を指先で撫でると、呼応するように世宗の腰《こし》がびくびくと揺《ゆ》れる。

触れるといつも簡単に達してしまうから、焦《じ》らすのが癖《くせ》になっていて、今日も敏感なところを避《さ》けて、陰嚢《いんのう》を指先で柔らかく辿《たど》った。くすぐったいのか、身を捩《よじ》った世宗の体を見下ろし、その裏へと指を伸ばす。しっとりと汗で湿り始めた場所は、温かかった。

「あ、ぁ」

「ここ好き？」

そう尋《たず》ねると、こくりと頷《うなず》く。陰嚢から奥の穴に繋《つな》がる場所を擦ってやると、世宗は「あ」と声を出した。今度は穴の上を円を描《えが》くように撫でると、そこに力がこもってきつく締《し》まる。

一度口で抜いて貰えた分、余裕が出来て良かった。あのままだったら、ろくに馴《な》らしもせずに突《つ》っ込んでいたかもしれない。それほど迄《まで》に、この穴は魅力的だった。

「ここは？」

世宗は小さな声で「すき」と答える。その返答を待ってから、ゆっくりと指を入れて、内側を蹂躙《じゅうりん》するための準備をした。布団《ふとん》の上に仰向《あおむ》けで投げ出された世宗の体は、敏感なところを突くたびに、くねり、足が震え、指先がシーツを摑み、そして甘い吐息を漏らす。

「……、ぁあ、駄目《だめ》、りお、う、……」

増やした指を動かしていると、不意に名前を呼ばれる。

誘われるように彼の唇に顔を近づけると、世宗が頬に鼻先を寄せた。

抱き締めてやると、世宗が膝《ひざ》の内側を、誘うように俺の体に擦りつけてくる。

「入れて」

思わずその声に、乱暴に指で奥を抉《えぐ》った。温かい肉が、咎《とが》めるように震えた。

「んっ……ぁ、あっ」

「世宗」

控《ひか》えめだった足が、体に巻き付いてくる。蜘蛛《くも》が獲物《えもの》を搦《から》め捕《と》るように、腕《うで》も背中に回り、世宗が腰を軽く揺すった。まだぎこちない腰の動きに、ぞくぞくしながら指で穴を開く。

「りおう、ほしい、いれて、……ぁっ」

吐息《といき》が頬を掠《かす》めて、力が入っていた穴が弛緩《しかん》する。穴が閉まりきらないうちに、手で拡《ひろ》げたそこに先端を宛《あ》てがうと、世宗の体が震えた。それを無視して、彼の内側に押しはいる。

ああ、と耳元で高い声が聞こえた気がしたが、目眩《めまい》に似た快感に夢中でよく分からない。世宗のそこは、きゅうきゅうとしがみついてくる。根本まで突き入れても、まだ奥へ奥へと進みたくなった。望んだ物を得た肉の壁《かべ》が、戦慄《わなな》くように震えてしっかりと包み込んでくれる。

「きつい？」

そう訊《たず》ねると世宗は首を振ってから、熱に浮かされた様子で「うれしい」と言った。

「もっと、して」

閉まりきらない唇で、世宗が求めてくる。普段《ふだん》の造作が完璧《かんぺき》な分、とろけた顔は殊更淫蕩《ことさらいんとう》に見える。要望に応《こた》えるために、体に巻き付いた腕を強引《ごういん》に解いて、布団に腕をついて突き上げた。繋がったところが音を立てて、肉と肉がぶつかるたびに世宗の唇からは喘《あえ》ぎ声が漏れる。

「いい……、い、い、りおう、好き、……き」

しかし、好き、と際限なく繰《く》り返す声に酔《よ》って、突き上げているうちに世宗は呆気《あっけ》なく達して仕舞《しま》う。自分の腹の上に白濁を散らせて喘ぐ扇情《せんじょう》的な姿に、終わったのに抜いてやれなくなった。彼の穴が何度もきつく締め付けてくるせいで、欲望《よくぼう》は膨《ふく》らむ一方だ。

「は……ぁ……っ、う、りおう」

舌足らずに口にする彼の髪を掻《か》き上げて、唇《くちびる》で額に触《ふ》れる。それから頬を掌《てのひら》で撫《な》で、こめかみに触れ首筋を辿《たど》った。世宗ははあはあと荒《あら》い息を吐《は》き出しては、体を震《ふる》わせている。

「いつ見ても、綺麗《きれい》だな」

感心して呟《つぶや》くと「りおうの方が……」と世宗が言いかけた、「誰《だれ》が見ても俺より世宗の方が綺麗だって言うと思うよ」と笑いながら、腰を抱《かか》え直す。ぐぷ、と繋がったところが鳴った。

「赤くなってると、余計に綺麗だ」

「あ、あ、り、おう」

「世宗が全部俺の物なんて、今でも信じられない」

いつか不意に、何の前触《まえぶ》れもなく誰《だれ》かに奪《うば》われてしまいそうで怖《こわ》い。彼が思うよりもずっと、俺は世宗を愛している。この子がいなければ、俺の人生はたぶんもっと詰《つ》まらないものになっていただろう。舌を吸いながら、そんなことを考えた。くぐもった苦しげな吐息が聞こえ、名残惜《なごりお》しいと思いながら唇を離すと、世宗の唇が耳に押し付けられた。

「十五年前からずっ……と、俺は、理央の物です」

早口に告げられた台詞《せりふ》に、胸の奥が甘く満たされるのを感じながら「俺も、世宗のものだよ」と囁《ささや》いた。その途端《とたん》、世宗の体にぎゅうっと力が籠《こ》もった。

「本当に？　全部？」

泣きそうな声で訊かれた。いや、たぶん泣いているんだろう。

触れ合った頬《ほお》が濡《ぬ》れている気がして、シーツに突いていた手を彼の背中に回して、抱《だ》き締めてやりながら「全部」と答えて腰《こし》を動かすと、スンと鼻を鳴らす音がした。

「あっ……っ、ぁ、や、ぁ、っ……、り、お」

「苦しい？」

問い掛《か》けると、世宗は首を振《ふ》る。苦しいどころか、良すぎて終わらせたくないと、呂律《ろれつ》の回らない舌で告げられて、ますます深みにはまっていく。俺も同じ気持ちだ。疲《つか》れているだろうが、一度では終われない。もっと世宗が嫌《いや》がるぐらい恥ずかしいことをして、欲望を全部残さずにこの綺麗な体に注ぎ込んでやりたい。体中に痕《あと》を付けて、俺じゃなきゃいけなくなるぐらい、この穴に形を覚えさせて、と考えながら既《すで》に達している相手を激しく揺さぶる。

世宗はがくがく震えながら、涙目《なみだめ》で喘いでいた。

この子が怯《おび》えないように、優《やさ》しいふりをしてきたのが台無しになりそうだ。

それでも奥へと突き上げていると、世宗が甘えるように頬をすり寄せてきた。

「っ、ああっ……、り、ぉう、だ、め、いく、いく、……いい」

「いいよ。一緒《いっしょ》に行こうな」

「ひ、……っ、ぁ、や、やぅ」

硬《かた》くなった性器が腹の間で擦《こす》れて音が立つ。いやらしく勃《た》った乳首《ちくび》を引っ張ってやりながら、唇を塞《ふさ》いで世宗の中に出した。同時に、世宗も開いた唇の端《はし》から唾液《だえき》を零《こぼ》しながら達する。

射精の快感に、しばらくは震えが治まらない様子を見て、まだ硬いままの陰茎で軽く奥を突いてやると、びくんと大きく世宗の体が震える。

「ま、って、まだ、おか、し……っ、から」

「ん、腹の中、びくびくしてるもんな」

掌でざわりと腹を撫でてやると、それだけで世宗はいやいやと首を振ってから「まって」と舌足らずに口にする。

「待たない。どれだけ待ったと思ってんだよ。もう、待たない」

俺だってやっと手に入れたんだ。今更怯《いまさらおび》えられても、解放してやる気はない。快感に跳《は》ねる体を押さえつけながら、獰猛《どうもう》な衝動《しょうどう》を抑《おさ》える気もなく見下ろすと、世宗の眦《まなじり》からほろりと涙がこぼれた。

それを見て、思わず「大丈夫《だいじょうぶ》だよ」と安請《やすう》け合いする。こんなときだっていうのに、やけに優しい声が漏《も》れた。

「泣かなくても、大丈夫だよ」

眦に唇を寄せると、世宗は少しだけ拗《す》ねたような声で「りおうのせいなのに」と言った。

そしてもう一度涙をこぼした後で、自分からそっと俺の唇に触れてきた。

◇◇◇

世宗との同居生活は、最初こそ波乱があったが、概《おおむ》ね順調だった。

それでもお互《たが》い仕事が忙《いそが》しい時期は、同居していてもすれ違《ちが》うことが多い。

昨日まで忙しかった世宗は、今日は久々の休暇《きゅうか》を取って朝食から弁当まで作ってくれた。やればできる人間というのは、あらゆるジャンルに対してそうらしく、同居してから俺の想像した通り、世宗の料理の腕は驚《おどろ》くほど上がった。

「でも、無理しないでいいから」

作られた弁当を手にしてそう口にすると、「私が作り上げた物が高梨さんの体を構成すると考えるだけで幸せなので、無理ではありません」と、少し怖い返答があったが、弁当が美味《うま》いのは事実なので深くは考えないようにした。

「今日が終われば俺も休めるから、できるだけ早く帰れるようにするね」

そう言って、玄関《げんかん》前まで送りに来た世宗を抱き寄せたときに、鞄《かばん》の側面に差したペンがころりと落ちた。

「あ」

それをすかさず拾った世宗に「それ、インクなくなっちゃったから、捨てて貰《もら》っていい？」

と口にすると、恋人《こいびと》は困ったように視線を彷徨《さまよ》わせてから「捨てるのは、嫌です」と顔を赤くした。

一緒に生活しているのに、未《いま》だに恥《は》じらう世宗に「どこにする?」と尋ねる。

すると赤い顔を更に染《そ》めて「今夜までに、決めておきます」と俯《うつむ》き、無意識なのか自分の唇
に指で触れた。

今夜までなんて、俺の方が待てなくなりそうで、その指の上から柔《やわ》らかなそこにキスをする。

触れるだけのそれを何度か繰り返すと、世宗は掠れた声で「だから早く帰ってきてくださ
い」とはにかむ。

思わず、その体を抱き締《し》めて「仕事行かなくていいかも」と呟く。

勿論《もちろん》ただの願望だが、九割ぐらい本気でこのまま寝室《しんしつ》に行ってしまおうかとも思っていた。

世宗もその方が喜びそうだな、と考えていると「駄目《だめ》です」と、困った声で咎《とが》められる。

「早く高梨さんの作った物が飛ぶところを見たいです」

「わかった。行ってくる」

最近すっかり操縦されている。名残惜しい気分で抱き締めていた腕を放してドアに手をかけ
ると、不意に服を引かれた。

振り返ると、不意打ちのように頬に世宗の唇が触れた。

驚いていると、恋人は花が咲《さ》いたように微笑《ほほえ》んで「いってらっしゃい」と口にする。

今まで俺が世宗を捕《と》らえていた以上に、今度は俺の方が世宗に囚《とら》われそうな予感がした。

あとがき

こんにちは、成宮ゆりです。この度は主人公がストーカーという設定が残念な本作を手にとって頂き、ありがとうございます。

挿絵を担当して下さったヤマダサクラコ先生、素敵なイラストを付けて頂き、とても感謝しております。お陰で救いようのない設定に、希望の光が灯りました。先生の描く世宗なら、ストーカーをしていても許せます。表情もとても愛らしくて、見ているだけで口元が弛みました。理央も格好良く描《か》いて頂けて幸せです。どれも見惚れてしまいますが、特に男らしい骨格と作業着やエプロンの組み合わせが絶品でした。また実豊も描いて頂けて嬉しいです。

ご多忙のところ、お引き受け頂き大変ありがとうございました。

今回のテーマは「ストーカー」です。プロットの際に担当様から「相手役ならまだしも、主人公がストーカーで一人称の作品はあまりない」と伺い、「尚更やりたい」と思ったのが発端でした。しかし本当にやらせて貰えるとは思いませんでした。担当様が萌の挑戦者なら、作者は探求者、そして読者の皆様は冒険者、そう我々は永遠のビリーヴァーです。

しかし執筆はとても楽しかったのですが、ともすると主人公がやりすぎてしまうのが難点でした。少し気を抜くと、資金が潤沢にあるせいか、すぐに突き進みそうになります。

その件に関しては担当様から有用な助言をたくさん頂き、とても有り難く思っています。

また今回も可愛らしいタイトルを付けて頂けて、嬉しいです。修羅場は主人公達の頭に耳や白くて丸いくるくるの角が生える楽しい妄想で、乗り切っておりました。角萌という新しい扉を開けそうです。ありがとうございます。


最後になりましたが読者の皆様、あとがきまで読んでくださり、ありがとうございます。

折角色物をやらせて貰えるのだからと、好き放題設定を詰め込んだ結果、「冗談みたいなスペックの初恋を拗《こじ》らせたストーカーの主人公」と「苦労人で真面目な技術者のお兄さん」の組み合わせが出来上がりました。お兄さんは基本的には普通の感性の持ち主だったのですが、主人公の行動を「かわいいから」と受け入れているので、こちらもこちらで問題がありそうです。

そんな二人やそれを取り巻く周囲の人間を、少しでも気に入って頂けたら嬉しいです。

いつもお手紙を楽しみに拝見させて頂いております。心のパナケイアです。

それではまたお会いできることを祈って。

平成二十五年十月　　成宮ゆり

KADOKAWA RUBY BUNKO

迷《まよ》える羊《ひつじ》と嘘《うそ》つき狼《おおかみ》

成宮《なりみや》ゆり

角川ルビー文庫　R110-31　18330

平成26年1月1日　初版発行

発行者——山下直久
発行所——株式会社KADOKAWA
東京都千代田区富士見2-13-3
電話(03)3238-8521(営業)
〒102-8177
http://www.kadokawa.co.jp/
編　集——角川書店
東京都千代田区富士見1-8-19
電話(03)3238-8697(編集部)
〒102-8078
印刷所——旭印刷　製本所——BBC
装幀者——鈴木洋介

ISBN978-4-04-101156-0　C0193　定価はカバーに明記してあります。